比真实更真

江苏凤凰文艺出版社
JIANGSU PHOENIX LITERATURE AND ART PUBLISHING

目 录

上卷

只有关系，也就是说我们感受对象的方式。

——【法】古斯塔夫·福楼拜

01

我想结婚。

恋爱三年之后，在一个浓雾弥漫的深夜，这个想法首次从我心底里冒出，像一棵破土而出的嫩芽，饱经风雨，终见生机。起初，我在怀疑，是不是深夜里的敏锐感知让我突然意气用事？后来，我才发现，许久以来，我是多么渴望这个想法的诞生，渴望到我不得不喝一杯酒来庆祝这个深夜里的决定。对，我想结婚！我一边喝着酒，一边在内心反复肯定。我的脑海里徐徐展开的是随着酒精弥漫开来的浪漫幻想，窗外的路灯在黑夜里冒出点点昏黄的光，像极了海雾弥漫时海上的灯塔。是的，经过三年的漂流与激荡，我们这只满载着美好回忆的柔美风帆总算望见了婚姻的海岸。激动的情绪溢满了我的整个心房。我又倒了满满一杯酒，然后一口就喝掉了一半。两杯烈酒之后，幻想渐灭，但决定永存。我晃晃悠悠地起身，走回卧室，亲吻了我的未婚夫，尽管他对此毫无察觉，但那又如何？

我爱他，至死不渝。

早上起床时，外面的天气不是很好，雾很大，看不清远方。我拖着酒后虚脱的身子走向了客厅，看到窗台上的酒杯依旧在那儿，他没有收拾，也没有询问我为什么要在深夜里喝酒。

“起来了？”他在厨房一边煮着咖啡一边抽着烟。对于如此平常的问候，我一般都会“嗯”一声回复他，声音小到只有我能听见，他听见与否，我并不在意，因为我觉得这个问候很傻，我都走到你面前了，当然是起来了。

我颓然地瘫坐在沙发上，扭头望向窗台，晨光透过酒瓶，散射出一种迷惑人心的特质。一种类似于“无望的人才会在大清早喝酒”的厌恶感困扰着我。我不无望，我有希望，只不过没有昨夜那么浓烈而已。意识彻底清醒之后，我便没有时间再去思考这些了。我们开始吃早饭，他一边吃着，一边在手机上浏览着昨夜的足球赛果。细嚼慢咽的我观察着他是如何一心二用的。片刻之后，我沮丧地想到，为什么要去观察这种无聊的常态？每个周一，他都是这样。

“你今天干吗？”我略带烦躁地问他。

“在家构思策划案。”他放下手机，一脸严肃地说道。

他已经构思了很长时间，宏观地说，确实不错。但就我个人而言，我并没什么兴趣，不过我还是支持他，毕竟我爱他。

“嗯，你可以边想边写，毕竟写出来更具体，也方便修改完善。”

“我刚才看了一个新闻，一个已经退役的人在电台没有指名道姓地指责一个现役球员为人虚伪、自私，私生活混乱。这不是重点，重点是底下评论区里有个绝妙极了的回复，说这个退役的人算什么东西，有什么资格指责莫德里奇，哈哈哈。”

我完全听不懂他在说什么，一脸茫然地让他做出解释。

“其实这个退役的人指责的人根本就不是莫德里奇，他没有公开姓名，莫德里奇也不是这样的人。但是评论区里的这个回复却说是莫德里奇，也就是说，评论区的这个人想诬蔑莫德里奇，他在引导大家，让大家以为那个退役的人指责的就是莫德里奇。你不觉得这个逻辑很奇特吗？”

这确实是个奇特的逻辑，但我好奇的是，他是如何回避掉我提出的关于策划案的建议而对足球大说特说的？无外乎是他的思维跳跃，或者是，漠视我的建议，避而不答。我原以为我才不会矫情地为此生气，但我的情绪还是挂在了脸上。

“我吃饱了，你吃完了收拾一下吧。”

“你是不是不舒服啊？怎么吃这么少？”

我爱的人怎么会蠢到感知不到我的生气呢？对于他的关心，我并没有欣喜，但我的心情确实好了点。

“我吃了挺多的，只是你没看到而已，我今天穿什么？”

“那件墨绿色的大衣和那条黑裤子吧，我喜欢那一身，看上去不那么艳俗。”说完之后，他还煞有其事地想了想。

我起身走回卧室，穿上了他口中不艳俗的衣裤，梳妆打扮之后，我便出门了。临走时，他来到门口，将检查过的挎包交给了我，包里是一些证件、复印件等重要物品。

他略带歉意地说：“辛苦你了，我以后一定会遵纪守法的，再也不违规了，我保证这是最后一次让你去交罚款了。”

“让我去？！这个保证我信，因为下次再罚款，你就自己交了。”

“我今天真不想出门，我有工作要做，麻烦你了。”

“那就麻烦你下次开车超速的时候好好想想，超速不是意味着罚款，而是意味着你在伤害爱你的人。”

“我知道了，下次一定注意。”

我挥手告别，转身离开，身后的房门迅速地关上了。

身陷凝滞的车流中时，手机响了，是他发来的微信，摘录了一段睡前喝酒对身体的危害的文字。很显然，此时他对我的关心与我昨晚的决定具有一致性，我打算将昨晚的决定告诉他。我花了十几分钟，用尽了感性的煽情与理性的论证，编辑了一大段文字。我看了一眼窗外，换了一口气，低头检查着手机里的言语是否完整地表达了我的情感。就在这时，我的脑海里竟然闪现出了一个不合时宜的水龙头，就是我刚才检查求婚宣言之前，看向窗外，发现的一个水龙头。确切地说，它不是一个水龙头，而是一个安装在草丛里的浇水装置，在浇水半径里的草地都是由它浇灌的。这本是一个稀松平常的发现，但是，它之所以闪现在我的脑海里是因为在这个浇水装置的旁边立着一个电箱，上面赫然写着“有电危险”四个大字。

我有些费解，因为这确实很危险。也许相关单位已经解决了水导电的隐患，但这个发现却阻挠了我。我没有发出微信，但摇晃了手机，撤销了早已编辑好的一大段求婚宣言。在撤销成功的一瞬间我就后悔了，毕竟，编辑那么多文字也挺劳神的。

沮丧又劳累的我躺在出租车的后排座位上长叹一声，任由思绪放松，身心放松。我确实应该放松一点，但内心还是不禁自问：为什么一个浇水装置会阻挠我？毫无联系的问题突然出现，它源自一个偶然的发现，我试图在这个发现里寻找某种必然性，诸如此类的问题交织在脑海。我听着窗外的车鸣声，突然想明白了！阻挠我求婚的是堵车！找到答案后，我便闭上了眼睛，休息了一会儿。

交完罚款之后，我本打算回家的，但让我眼前一黑的是：我又看到了一个电箱，虽然它的旁边没有埋在草丛里的浇水装置。但是再次受限于愚蠢至极的思考，使我仰天长叹，浇水装置似乎在暗示着什么。俗话说泼冷水，没错，它喷射而出的水应该是冷水。电箱上写的“危险”二字是说我的求婚很危险？我沮丧地抱怨了一声，厌恶起了我的思考。

“啥呀！乱七八糟的。”

我径直走向一家日料店，点了一份火锅，配上一些小菜，希望美食可以让我回归正常。然而，我又一次想当然了，这压根不是什么美食。饭菜之难吃，让我无力深究，草草吃了两口，饿意被击退之后，我就离开了。饭后的恶习让我在一家酒店门口的垃圾桶前点燃了一根香烟，我的心情十分糟糕。

我不得不再次思考那些我想远离的问题，为了让思考不那么劳累，我走进了酒店，在一层的咖啡厅里坐了下来。果然，商品具有环境价值属性，高档酒店的咖啡厅还是值得信赖的，咖啡好喝，蛋糕好吃，一切又重新美好了起来。我深知自己坐下来的目的是思考由浇水装置及电箱导致的一系列愚蠢问题，但我现在不想思考了，因为我想通了，并做出了深刻的反省：我不能让我的敏感多思毁掉这段求之不得的爱情。

我爱他，我想回家了。

02

我叫宫蕊，他叫刘跃，我们都是27岁。

九年前，我们不约而同地考入了同一所艺术院校，我们都热爱音乐，在开学后的一个夜晚，我们不约而同地走进了同一家Live House，在乐器齐鸣、喝彩欢呼声不绝于耳之时，我们不约而同地四目相对。这样的初次见面，满足了我对遭遇爱情的所有想象。

熟识之后，我们俩的共同点被逐一发掘，多到让我们在之后的一两年都在感慨相见恨晚。既然相见恨晚，那一切都得加速发生，这样才对得起相见恨晚的深刻含义。大学四年，我们在别人面前都是沉默寡言，多数时候戴着耳机，一副关我屁事以及关你屁事的高傲面容。然而，当我们见面，一切都会猛然改变。那些关于崇高的伤感多思，关于未来的雄心壮志，关于人事的真知灼见，所有的关于，都化为了无休止的言语。每次见面从未扫兴，都是乘兴而见，尽兴而归。

奇怪的是，如此这般的亲密关系竟然会不约而同地绕过“爱情”。

我完全可以以一种看似无可辩驳的原因来解释我们的“绕过”：无非年少气盛的自负，让我们都不屑于表白，不屑于确定恋爱关系，但我并不想这么绝对地盖棺定论。我时常会就这个问题陷入深思，因为现在的我依然不知道该怎么解释，我不知道是哪里出了问题，让学生时代的我们在亲密无间的同时维持着一种顽固的默契，它足足持续了三年之久。在那三年里我们见证过彼此的跌跌撞撞，大多是一些让人不堪回首的即兴发挥，经过时间的冲刷，变成了一些如今在茶余饭后相互调侃的笑料。

事实上，很多时候，我们都略显尴尬地发现，原来我们都在怀念着与那些过客的露水情缘，我不知道他的怀念到了何种程度。起码在这一刻，在我和他玩着“我说你猜”的小游戏时，他是没有忘记的。

“你最傻的那次，约见了一个五线小明星，人家开了一辆什么车？”

“奥迪TT。”他飞速作答。

“去掉字母。”

“奥迪。”

我看着手机上显示的“奥迪”，往上翻手机，他答对了。

“奥迪有一千种描述，你为什么非得说这个呢？”

“因为你那次确实够傻啊！”

我苦笑着，看着他玩兴消失，我关掉了游戏。

窘迫无奈的他端起了眼前的水杯，起身回到电脑前，继续工作。我略带歉意地看了看他的背影，没有说出“抱歉”。的确，我不该那样描述奥迪这个品牌，在他看来，我一定是借机讽刺了他。

我起身打开客厅的顶灯，整个屋子亮了起来，我不由自主地笑了起来。我确信我没有讽刺他，我大可不必自责，我要向他说明我笑的并不是他，而是故事本身：一个涉世不深的男孩开着一位女星的奥迪TT，为了满足你情我愿的生理需求，两人驶向酒店，男孩却在酒店门口对女星说：你这车真不错，能再让我开两圈吗？这难道不是一个可笑的故事吗？尽管这个呆傻的男孩是我的男友。

“别生气啦，我真没有笑你的意思。”我趴在他的肩头。原本在写策划案的他停了下来，想了想说：“我没生气，你去玩吧。”

听起来一切正常，三四年前的事并不足以让他生我的气。

“写得怎么样了？”

他长叹一声，点了根烟：“唉，万万没有想到，学了四年的表演，竟然走上了这条路。”他吐出了一团烟雾，我捏了捏他的肩膀。

“都是以假乱真嘛，别想那么多了！”

“好在这次还能有点意义。”他摁灭了香烟，继续敲打着键盘，写起了策划案。

我起身离开，走到了窗边，轻抚着窗台上的盆栽，看着窗外。那里原本是个很大的仓库，如今却变成了行驶着一辆辆卡车的废墟。在这个日新月异的城市里，这些不分昼夜的卡车似乎在积极地响应着某种隐喻，将我投射在仓库上的记忆变成了毫不悦耳的声响。是啊，日新月异，变化得如此之快！在这样的感慨之下，我回望了一眼趴在桌上写策划案的刘跃，他的身形不再像以前那么精瘦，好在身形的变化并没有消磨掉他的意志，可以写一整天策划案的他依然是那个可以排练一整天的刘跃，他没有变，只是换了一种工作方式在释放着他的精力。

在常人看来，毕业于艺术院校表演系的学生往往都会通往美好的未来，没错，我们也是常人，曾经的我们对此深信不疑。后来，我们颇为自信地认定，我们非同常人，我们可以建立一种以自我为中心的信仰来避开常人的那些手段。于是，我们和常人分道扬镳。但是，这个脱口而出的结论并没有脱口而出那么轻松，它有着极为艰难的过程，因为艰难，所以不愿回想，索性脱口而出。然而，很多时候，越是不愿回想的事越会涌上心头。吃完晚饭后，月亮出来了，出奇地亮，亮到让我不由自主地陷入回忆。我注视着月亮，试图回想起一段月亮见证过的“神圣时刻”，只不过，眼前的月光远没有刚毕业时那么饱含深意了。

在刚毕业的那些日子里，我们经常在月光下睁着双眼躺在床上，趁着身体上的热浪退潮之前抚摸着彼此的胴体。月色透亮时，我们能够看到皎洁的月光透过窗棂洒进卧室，白亮白亮的光束经过胴体，勾勒出几缕带有我们体温又披钻挂金的优美线条。那时我们发现，进入黑夜之后，白天萦绕心头的生存本能就像是睡着了一样，四周的安静氛围也似乎是为了让它睡得更加深沉。内心窃喜的我们往往会在夜晚乘虚而入，颇有默契地在对方的心里留下“神圣时刻”：不再为那些微乎其微的工作而分开了。基于这样的“神圣誓言”，我们放弃了需要察言观色的试镜机会，放弃了需要苦等的配角生涯，放弃了积少成多的事业轨迹。第二天我们便携手走进了一家电视台，那里有征召主持人的面试。我们成功签约了，但并没有喜悦，甚至沮丧极了，一种弄巧成拙的挫败感困扰着我们。那一晚，我们一夜无话，我气愤地拉上了窗帘，因为夜空上挂着的是和前天晚上一模一样的月亮，这让我感到恼怒至极，内心里升腾起想要和他交流沟通的想法也在白纸黑字的合约面前变成了沉沉的睡意。

三年之后，当我再次看到犹如三年前的月色时，开始庆幸时间竟然拉长了评判尺度，那些有意思与有意义的事件被梳理得异常清晰，跃然眼前，月光依然神圣，只不过不再需要誓言，生活是无法被誓言所定义的。

“我刚才想了想，我觉得我们并没有走错啊！”我坐在了他的身边，钻进了他的怀里。

“什么？你说什么？”

“你刚才不是说学了四年表演，万万没想到走到这条路嘛，我觉得没什么不好的啊，我们现在工作稳定，衣食无忧，只不过没有名气嘛。再说了，有了名气的话，指不定我们就不会在一起了。”

“胡说！”他异常坚定地驳斥了我，紧接着便明确了反驳的真正指向，“有没有名气，我们都会在一起，这是不用怀疑的。”

我仰望了他一眼。对视的瞬间，他故作轻松地挑动着眉毛，我看到他的睫毛，感觉到了他的鼻息。“没错，有没有名气，我们都会在一起。”我在内心重复道。

“策划案需要多久才能知道结果？”

他退出了手机游戏，活动了一下颈椎，喝了口水。“很快，经过我的再三劝导，常总现在总算想明白了。综艺节目嘛，像他那么保守，能赚个什么啊！”

他挪动身子，无声地示意我从他的怀里出来。我能感觉到他的信心，这让我相信他下午对于事业的抱怨仅是出于某种类似于“浇水装置”导致的无用启示。道路错综复杂，对错与否，岂是刚刚上路的人便能洞悉的？在一天的尾声里得到这样的感悟让我感到一阵轻松。在这一天里，过往的记忆与自我的思辨坚定了与他共赴未来的信念，这很重要！

“你要不要喝一杯？”厨房传来他的询问。

“好啊。”我高喊着回复道。

显然，喝酒的庆祝意味标榜着我们拥有的默契。为了让庆祝不那么乏味，我用手机放了一首歌曲，蓝牙音响里响起了《When Love Comes To Town》。没有哪首歌比这首歌更适合在此刻响起了，原因并不在于歌曲本身，而是源自我的爱人将演唱者Bono与B.B.king比作我们。

When love comes to town,

I'm gonna jump that train.

When love comes to town,

I'm gonna catch that flame.

这首歌……该怎么说呢？三四年来，无论爱的情绪如何汹涌，这首歌总能将其包裹住，从而达到一种酣畅舒张的快感。有时甚至出现了吸气绕过前面的低音，全身心准备迎合马上降临的重音“美好”。高尔夫术语里有所谓的“甜蜜点”，在我看来，“甜蜜点”是我们的，不是高尔夫的。

03

“有人在楼上走动。”

“几点了？”

我扭开台灯，意识在昏黄的光线下渐渐复苏，我看了一眼手机。“才七点多，再睡会吧。”

在一声长叹之后，他起身了。“楼上在干吗啊？大清早的……我起床了。”

我翻身看了一眼坐在床沿的他，窗帘缝隙里投射出的光线预示着晴天的到来。我撑起身子，在床上缓了好一阵子之后才下了床。彻底醒来的速度越来越慢了！我瘫坐在沙发上，打开空气净化器，来吸收他吐出来的烟雾。

“刚起床别着急抽烟，对身体不好。”

毫无回应，反衬出我那石沉大海的关心，好在我已习以为常。我盯着空气净化器的空气指数一点点由高到低，突然“哐”的一声，我被彻底吓醒了，急忙起身走向厨房。

“你为什么非得甩它呢？！”我盯着他捡起地上的咖啡壶粉槽，不解地抱怨道。

依旧是毫无回应。我看着那个被摔瘪的粉槽在他的手中经受着清水的洗礼。“都摔坏了，就别洗了，扔了吧。”他却再次甩了甩粉槽上的水滴，从容淡定地看了我一眼。

“我喝，又不是你喝。”他略带挑衅地回击了。

“我们之前不是已经验证过了嘛，咖啡壶里的水滴在咖啡还没有煮出来之前就被底下的火给烤干了，你为什么不明白呢？”

“明白，我都明白，我只是形成习惯了，我们不都是习惯着习惯吗？”

我冷笑了一声。心想这是多么富有哲思的辩解啊，我闭上了嘴，却在争强好胜的心理怂恿下站在厨房里一动不动，我就想看看咖啡能不能从摔瘪的粉槽里煮出来。我们都无言地盯着煤气灶上的咖啡壶。

水气呲呲地冒出，却不见咖啡。

“看见了吧？咖啡煮不出来了。”

“我看见了。”

“这是什么狗屁回答？”我在心里狠狠地咒骂道，恼怒的情绪导致的无奈让我不得不长叹一声，就在长叹一声的瞬间，我恍然发觉他说的也有道理：他确实看到了他要喝的咖啡煮不出来了。这件事与我毫无关系，想到这里，我便转身离开了厨房。

短暂的各执一词并不妨碍我们像往常一样坐在一起，吃着早饭。我看着他喝下黏稠且带有焦味的咖啡，心生怜惜，但我并未明说，我怕我表达的怜惜会被他再次以“我喝，又不是你喝”予以还击。事实上，以我对他的了解，他还击的可能性很小，但我依然不想说出任何带有缓和意味的话语，之后的冷战更是证明了冷漠已经占据了我的头脑，我怕他予以还击不过是我根本不想理他的借口而已。我为我的冷漠感到惊讶！

我带着我的冷漠，和他一起乘坐电梯，前往地下车库。在拉开车门的那么一瞬间，不知道为什么，我差点向他求婚，好在车库里的沉闷空气及时拦住了我。我坐上副驾驶的位置，单方面宣告和他和解。可是，当他启动汽车之后，他所表现出的神态里毫无想要与我交流的倾向，也许在他看来，副驾驶的位置并没有什么特殊含义。我们的冷战持续讽刺着我那突然闪现的求婚愿望。我在心里开始嘲笑起那个一天多以前激动地连喝好几杯误以为马上就能披上婚纱的我。嘲笑之刺骨，让我暗暗立誓：求婚一事，无限期搁置。不过，搁置归搁置，求婚里的愿望成分还是很难立即抛弃。关于愿望，我的手机备忘录里有着一段恰如其分的文字。

> 虽说愿望是对不可知力量的一个模糊定义，但人们总是觉得它就在眼前，而且很活跃，它存在于每个错误之中，存在于每次的向前一跃中。这就是人之所以为人，不是肉体加灵魂，而是一个不可分割的整体。
>
> ——胡利奥·科塔萨尔

我默默读了三遍之后，删除了这段早已潜入身体的文字，随后便懊恼地发现了这段文字的深刻含义。“存在于每个错误之中”。对，在冷战时内心燃起求婚愿望是错误的，删掉备忘录里的文字在长远意义上也是错误的。一时间，我竟然讨厌起了自己，并且悲观地认为如果我失去了他，就是我咎由自取。

“我们和好吧！”

在一个很快便到来的斑马线前，他俯身亲吻了我，这让我感受到了一种极其强烈的存在感。

“完了，这要是被探头拍下来，我们就火了。”他语气轻松地开着玩笑。

“人家火的是袭胸。”

“差不多一个意思。”他语速飞快地说道。

汽车再次启动，前路通畅，车速越来越快。我打开车窗，任由外面的疾风迎面而来，精心捆扎的发型我也无暇顾及，任由发丝四处纷飞，因为此时此刻，有着远比形象更为重要的事正在缓缓降临到我的内心。

“你说我们……为什么在上大学的时候，没有在一起呢？”为了不让自己暴露得过于明显，我刻意放慢了语速。

汽车右拐，驶离了环路，进入了辅路，红灯拦住了我们。他点燃了一根香烟，沉默地想了想。

“太熟了吧，或者说那会……有比恋爱更重要的事耽误了咱们，不过绕了一圈，咱们现在不还是在一起了嘛。”

“早晚都要在一起，为什么不能早点呢？”

他深吸了一口香烟，将头探出车窗，看了看前路。“早点有早点的好，晚点有晚点的好，照咱俩现在的状态，还是晚点好。”他熄灭了香烟，启动了汽车。

“为什么这么说？”我有些着急了。

“俗话说得好：浪子回头金不换，你如果不让我出去练练，我怎么知道我竟然想再开两圈奥迪TT呢？不过那车也一般，我朋友买了一辆，我开了会儿，你都不知道，坐车上时，回想往事，真是打心底里丧气，当时我怎么会那么傻呢？！”

“那上次玩游戏的时候，我说起这事儿，你生气了没？”

“没有啊，你想多了！”

汽车驶进地下车库，他寻找着可以停车的位置，我便不再打扰。停车之后，解开安全带的我做了一个决定。

“要不，我们先结婚吧？”

他扭头看了我一眼，随即熄火，松开安全带。

迫切想要得到回复的我却急匆匆下了车。我看着他关上车门，走向我，将手搭在我的肩上。

“等这事儿忙完，我们就结婚。”

我注视着他，异常坚定地相信他。电梯到了，我们携手走进电梯，告别了暗淡的车库。电梯里的灯很明亮，广告牌上是一家婚庆公司，画像里的新郎新娘正在注视着我。

到达单位之后，我便开始接收到一些信息，一些让我们的婚礼无奈推迟的信息。我坐在常总办公室里的沙发上，看着他们在商量，结果于我而言，并不理想，整个项目耗时之久，远远超出了我的预期。常总启动了他的榨汁机，粉碎水果的声响弥漫开来。坐在沙发上的我和刘跃之间隔着空气加湿器喷涌出的水汽，这使得我看不清他的神态，倘若我非要看清，我就得把身子前倾，或者起身，换个地方坐下。在听觉与视觉都受限之时，我问自己：为什么非得看清他的样子？他又不跑？！我拥有他，没有什么好担心的。

常总将一杯梨汁端到我的眼前，我接住了它。“小宫，你觉得这个道德勘察的真人秀如何？”

“挺好的，还挺有意思的。”我轻抿了一口梨汁。

“有意思在哪儿？”常总追问着。

急不可耐的刘跃想要插话，被我伸手制止了。我清了清嗓子：“假戏真做就是最大的意思，别人我不知道，但我相信观众会很期待后面发生的事。”

显然，刘跃对我的回答并不满意，他站起身来，坐到我的身边，点燃了一根香烟。“刚才宫蕊说的是这种真人秀在形式上的一种悬念感，但它能火的原因在于观众会在这个真人秀里找到一种道德上的成就感，毕竟很多综艺节目并不涉及道德这个概念。这是很关键的一点。”

我为我的懈怠感到难堪，刘跃的回答确实比我深刻，我应该多花点心思在工作上。

常总拉开办公室的门，将榨汁机交给了门口的秘书，他看上去像是在思考着“道德”。

“我倒不是怕节目不火，我是怕太火，你说咱们去拆穿那些不知情的人，总有点大尾巴狼的意思。”常总犹豫道。

“这都是之后的事，现在综艺类节目这么火，我们不能总是观望啊。”刘跃摁灭了烟头，言辞坚定。

常总走回了办公桌，坐了下来。

“行吧，我这边没什么问题了，经费我会向台里申请，至于拍摄团队、剧本之类的，你能干的你都干着，酬劳到时候一起算。”常总的这句话让刘跃站起身来，走向办公桌。我不得不跟着，和他一起坐在常总面前。长舒一口气的刘跃志得意满地扭头看了我一眼，我为他感到开心。

常总撑起身子，看着我和刘跃：“那你俩就是主要演员了，得挺起来啊！”

“没问题。”他很坚定地点了点头，我也表达了我的信心。

眼看交流即将进入寒暄客套的流程，我也将意识交给了习惯：出于一种性别上的差异，每当我身边都是男性时，我都会习惯性地退避三舍，这也使我和刘跃形成一种心照不宣的默契，任由他谈天说地，我都不会感觉到冷遇，以至于当我离开办公室时，他也没有对我予以关怀。

当我推门而出时，青春貌美的小芋抱着一包腰果向我走来，我们一边吃着一起走到了我在单位里的私人空间，那里只有一张长桌和几把椅子。小芋是个北方姑娘，此刻，她坐在桌子上，嚼着腰果，小腿随着一种缓慢的节奏在摆动着。

“宫姐，我想通了，我不能再攒钱了。”颇有意思的观点，我看着小芋，问她：“那你打算怎么花啊？”

小芋想了想，将一颗拿起的腰果扔回包装袋里。“打算出去玩一趟，见识一下新的人，新的景，新的生活，存款没有让我感到任何新意。”

之前对小芋的好感在此时越发浓烈，坐在椅子上的我起身坐到她的身边：“可以啊，你完全可以相信你幻想里的力量，相信生活中的偶然性。”

小芋连连点头，递给我一颗腰果，她越发兴奋了：“你说的对！我这个月把工作赶完，给老常哭一鼻子，我就不信他不批我的假。”

我抱起她的肩：“你赶完工作了，我帮你去说。”

小芋和我拉了拉钩之后，手机就响了起来，她跑了出去，投身于工作之中。

小芋的一时兴起让我回想起我和刘跃携手并肩走过的那些江河湖海、山川荒野，在我和小芋一样大的年纪里，所期待的浪漫幻想其实都得到了满足。我突然不由自主地嘟囔道："对啊，我应该感到满足。"我从桌子上跳下，坐回椅子上。没过多久，刘跃推开门，伸头进来，喊我离开。

我们在秋天的午后坐在街边的酒吧里，看着来来往往的路人。在来的路上，刘跃列举着工作上的各种积极因素，我为他感到开心，同时也意外地窥探到，其实他是在说给自己听，好让信心永远伴随着他。放下手机的刘跃看着我，缓缓地说出他的问题："你觉得我们第一步应该怎么做？"我分不清楚他这句问话里的真实含义，因为他一直忙于此事，不该有疑问阻挠着他。

"你是说假戏真做，探测周围人的反应？"我先确认了他的问题。

他像是突然想到了什么一样，疑惑地自言自语起来："刚开始一定要吸引人。"

我想起社会新闻里经常爆出的公车猥亵事件："与其想来想去，不如贴合现实，现实中经常看到的无外乎那些事，我们可以选一个，比如性骚扰。"

刘跃深以为然地陷入了沉思。

我继续说道:“性骚扰一般都发生在公交车或者地铁上,我们可以在这些地方拍啊,就地铁好了,较之公交车,地方也能大点!”

刘跃脸上泛起一种狡黠的笑容,扭头看着我:“那就是我骚扰你,看看周围有没有人拦着?”

“当然有人拦着了,到时候你小心一点,免得被人打一顿。”我调侃着我们刚确定下来的工作内容,这让我们感到一阵轻松。轻松之余,我们都明显地感觉到内心燃起了近年来少有的动力。

我们结了账,决定去商场耗散掉越发强劲的动力。

商场的地板上倒映着天花板上的明亮灯光。步履舒缓的我们在灯光上进进出出,浏览着琳琅满目的商品,买了几件冬装,又买了一些生活用品。在一家摆满了厨房用具及各种家庭用品的商店里,他谈论起了结婚的诸多事宜,这让我更加相信,在不远的将来,我一定会穿上婚纱,等着他迎向我,走近我,抱起我,在亲朋好友面前与我海誓山盟,携手共度一生一世。这种想象中的欢愉占据了我的头脑。他的鼻息在我的后颈呼啸、游动。我们为此说了很多很多,多到我们躺在深蓝色的床单上，依旧在不厌其烦地商讨着婚礼的诸多细节。他像条鲸鱼一样扭头跃进了被窝，将我卷入了纵情的深海之中。顿时，海浪奔涌前行，激起无数曼妙浪花，一轮明月在黑夜的海面上升起。我捧着他的脸庞，和着“月光”久久地凝望着他，身体像是失重了一样。我惊讶地发现，他的脸庞像是盯着看了许久的文字一样，陌生又发散，又像是被脑海深处升腾起的困意吞噬掉了一样，杳无踪迹地消散了。

04

“我到底要不要生气？”我在心里问着自己。

当车轮碾轧而过时，满地的枯叶在鸣叫着，愤怒地在空中翻飞，随即，又无力地跌落。这些脆弱又干瘪的树叶，在我到达目的地之后，再次密集地出现在我的脚下。我毫不怜惜地踩了过去，站在一个高档小区的花亭边等待着。我看着脚下的枯叶，又环视着小区的楼群，中午的阳光并没有给我带来多少温暖。

“过了这么长时间了，我现在问你，你可以跟我说实话了吧！当初你是不是和你这个老乡同居过一段日子？”

听起来，我的语气十分轻松。曾几何时，这对我来说，并不是一件很轻松的事，我为此付出了很多的努力，努力尝试将它变为决裂的契机，狠心分别，一了百了；也努力强迫自己慢慢接受，学着汲取这起悲痛事件中的良性成分，好让彼此能够重新认识自己。可是，就在今天，当我即将面对这起悲痛事件的另一个当事人时，我发现我努力的结果似乎并不是我想要的。我看他低头盯着手机，倾听着前来开会的同事们抱怨着路况，汇报着行程。我不知道风声有没有帮到他，让他没有听到我的问话，也不知道该不该接着问下去。

我走进眼前的这栋高楼，进入大门之后就像是进入了另一个世界。较之于门外的寒风落叶，这里充斥着人造的温顺与出奇的安静，安置在大厅正中的雕像抽象地表现着一种力量的伸张。抬眼望去，当视觉上还残存着雕塑所迸发的力量时，我仿佛置身于一种错觉之中：眼前的两架观光厢梯正在缓缓向下，渐渐地落到地面，这像是刘跃拉开了那个同居老乡的衣服拉链，那缓缓而下的厢梯就是那个让我颓然到叹息的拉链头。我站在门口向外望去，意外地发现我所在的这栋高楼周围是一家破落的、被遗弃的会所。后来打听之后才知道那里曾是入侵者声色犬马、欢饮达旦的地方。这样的发现让我不得不进行一次结婚前的反思：我要不要马上跑掉？事实却是我坐在茶楼里，看着同事们散落在房间的各个角落，他们在讨论着我并没有认真听的拍摄内容。

门开了，刘跃的老乡战战兢兢地端着一个茶盘，上面摆满了茶具。我恨不得眼皮都不眨巴一下地紧紧盯着她，她穿着一件镶红色边的黑色旗袍，腿上却穿着一条黑色裤子，脸上写满了蹩脚的职业技能导致的局促。她要是摔一跤就好了，那我就可以好好地看看她是如何狼狈地面对这一切的，就像当初的我是如何狼狈地自我抉择。

终于轮到我了，她将一个宽口茶杯放在我的眼前，在她正要给我倒茶之时，我伸出手去盖住了茶杯。

"我不喝普洱！"

她并没有感到意外，而是条件反射地说道："那您想喝点什么呢？"

我凝视着她注视我的眼睛，那里像是深渊一样，仿佛奇幻电影里妖魔变身时的瞳孔。

我低下了头，咽了咽口水，一阵分不清来自何处的疼痛在嗓子里蔓延着。“有没有清咽利嗓的？”

我再次抬头看着她，这次我异常清晰地看清了她的脸庞，她与我差不了几岁，面容却像是饱经风霜一般苍老了许多，眼神之中有一种浑浊的慈善，像是在体面地祈求，又像是隐忍地包容。我不知道，那一刻到底是什么让我妥协的，总之，我撤下了茶杯上的手。

“算了，普洱也行。”

她给我倒了茶，微微地向我笑了笑。好在我没有对她致以微笑，我盯着她转过去的身影，看着她给屋子里的每个人倒茶、添水。我端起茶杯，感受着掌心弥漫开来的温度，即将要喝下时，我又放下了茶杯。我不能让这片刻的怜惜之情占领我的头脑，我应该对她抱有敌意。

“第一期咱们就拍一个要去面试的年轻人，他不会系领带，咱们跟拍他，看看社会上有没有人帮他系上领带。”多么愚蠢的提议。

她出去了，临走的时候并没有多看我一眼，看来她不知道我和刘跃的关系，也并没有对刘跃表现出过度的热情。

“对，我们需要提起那些我们已经忘却的东西，礼仪很不错，见面的礼貌也行。”

忘却的东西并没有真正忘却，只是我们不愿意再去回忆而已。我一边听着他们的讨论，一边想象着刘跃和那个女人的同居时光。在这一刻，幻想使我相信烧水壶边上的矿泉水瓶里挂壁的水珠就是一夜缠绵之后的汗珠，它们长久地停留在他俩的肌肤之上，等到温存彻底冷却之后，才和洗澡水交汇，流向了地下。这样的幻想渐渐地分裂成无数个毫无联系的碎片，当我发现每个碎片上都是我对两性欢愉的极致想象之后，我的心里便产生了一种深深的厌倦，我知道他们是不会如我所想的那样美好、浪漫的。

关于拍摄内容的商讨在我频频走神之时变得异常热烈起来，很多人都急不可耐地发表自己的看法。

“我前几天在网上看到，国外都是让小孩当主角，有一个视频是让小孩拿着一根没点燃的烟去借火，那些成年人看到小孩手上的烟后都一脸惊讶。”

“然后呢？”正在抽烟的刘跃饶有兴致地看着说话的人，急切地想要知道之后所发生的一切。一阵烦躁直冲心头，我觉得设计这些拍摄内容真是一种天真的想法，有一种不言自明的无聊（小孩借火点烟必然会遭到大人们的强烈制止）。冲破喉咙的烦躁变作一种不容置疑的语气：“我觉得咱们还是不要受国外的干扰，小孩儿在拍摄的时候也不好操控，我们没必要去设计这些让人看完之后觉得社会美好的情节，美好是短暂的，也是人们不能记住的。”大家都愕然地看着我，沉默地等待着。

“我觉得第一期可以做性骚扰的节目，曝光那些趁着拥挤，在地铁上、公交车上到处乱摸的人。我和刘跃当演员，他骚扰我，看看周围人的反应，到时候我会反抗的。”

刘跃摁掉烟头，点了点头：“我觉得这个提议不错，宫蕊说的对，国外是国外，咱们是咱们。”

大家对于我们的妇唱夫随并没有第一时间予以肯定，我在心里早已毅然决然地认定：第一期节目的主题就是性骚扰。刘跃的支持并没有让我感到欢欣鼓舞，在这家茶楼里没有什么可以让我感到欢欣鼓舞的。

我需要挺住，才能获得最终的胜利。

单位的刘导微微起身，喝了一口茶，看了看大家，以一种息事宁人的姿态将手中的纸笔放在桌子上。“好啊！我看大家都没说话，那咱们就拍性骚扰。”

题材的确认加快了会议的进展，在我看来，先拍完第一期再研讨之后拍什么远比坐在这里夸夸其谈来得踏实。我感到之前喝下的茶水温润着我的肠胃，我时而听着同事们的你一言我一语，时而看一眼刘跃，心绪也随之渐渐缓和，像一条平缓而下的小溪，静静地流淌。没有哪条河流可以倒着流淌！我咽了咽口水，突然而至的打嗝让我措手不及。起初，我并不在意打嗝，但三番五次之后，众人的好奇让我倍感气愤。打嗝就像河边的顽童扔出的石子，它们试图在我心里的平缓小溪里激荡起取悦他们的水花。于是，我的心绪不再平缓，我想起了意外洞悉的“老乡会”：那是一起常见的航班延误事件，滞留乘客被航空公司安排到酒店入住，次日便飞离出发地，抵达目的地，但拥堵的路况改变了回家的预定时间。在他发给我的信息里，这一系列事件得到了有效的串联，获得了我的信任。

唉……我为什么要极力回想这些事呢？几百天让我再也感受不到当时的那种灼痛了，只有“老乡会”的阵痛在不动声色地侵袭着我。

“你们也该结婚了，再不结，我就把份子钱拿去赌球了。一把定输赢！”茶楼里，有人在调侃地催促我们的婚礼，我倒是心怀好奇地想要看看一个人要是敢于一把定输赢，那他到底需要付出多大的勇气？

“宫蕊，你们打算啥时候结婚？”刘导看着我，一本正经地询问着。

“快了！等这个项目结束，我们就结婚，到时候大家都要来啊！”阵痛也只是阵痛，并不能推翻我苦心经营的现在及唾手可得的未来，婚期的许诺在这一刻变得如同等待照常升起的太阳那样，绝无意外发生。

门开了，她再次走了进来，淡定从容地端着手中的果盘，我们的交谈也因她的到来而暂时中止了。

“服务员，你们这里以前是公寓酒店吧？”刘导站起身来，一边查看着茶楼里的房间一边问着。

“不是。”她的语调很平稳。

这确实像一家公寓酒店，我们经过大厅，来到二楼，走到走廊最深处的一个房间。这个房间里，有卧室、书房、厕所、开放式厨房，还有沙发、茶几、电视、饭桌、椅子，这里以前的确是公寓酒店。

“这里明摆着是公寓酒店啊。”刘导说。

“不是。”她再次否认。

她低着头站在一旁，我看不清她的表情，但能感受到她的局促与慌张，这让我想起一件往事。很多年前，我在一个街角避雨，身后是一家新开的理发店，店主很年轻，留着很长的披肩发。当时的顾客是个初中生，她在虚荣心的驱使下对自己的头发很不满意，要求长发店主将自己额前的头发拉直。店主照做之后，初中生依旧不满，不依不饶地提着各种要求。留着披肩发的店主顿时面露颓丧，丧失了所有耐心。店主的女友轻言相劝，让店主再试着满足初中生的要求。那是一家很新、很简陋的理发店，仅有理发必需的设备，其他的东西，一切从简。我看着留有一头披肩发的店主高声抱怨着：“我不会弄了。”听到这句话时，那个初中生的天真双眼瞪得很大，她结完账，便快步跑进了雨里，上学去了。再后来，那个街角我去过很多次，但那家理发店不见了。大概半年后，我偶然遇见了那个理发店的店主，他依旧留有很长的披肩发。那是在一条街上，他在赶路，步伐加快时，披肩发在飘舞着，我看到他的脸颊有块暗青色的胎记，当时的他，推着板车在人群中闷头前行，很明显，他改行了。

我暂且认为刘跃的老乡和理发店的店主有很多相同的地方，他们的局促与慌张有某种相似性，这种偶然发现的相似性在生活的沉浮俯仰里最不具有偶然性。

05

没有船的水手

倾听水杯里的潮汐

暴雨将至

胸口已殷红一片

——张过年

在地铁站台抱臂等车时，耳机里的歌声缥缈而至，本来从容面对的首次拍摄却在此刻冒出了些许焦躁情绪，它萦绕在我心头。我摘下耳机，努力在脑海里梳理着拍摄流程，不巧的是，接下来的工作，我有些模糊了。

列车进站时的劲风吹乱我的头发，这一突发的事件彻底摧毁了我的记忆，我木讷地走进车厢，试图尽快走到指定位置。这是一列开往城外的地铁，时间是晚上九十点钟，我闻到了我身上的香味，感受到了别人看我的目光。车厢里人不多，很安静，大家都在低头玩着手机。我走向车门，在车门的玻璃上看到了自己，我深吸一口长气，烦乱的心绪稍有安定，我不禁开始猜想那些躁动不安的动物在镜中看到自己时又会是什么样的感觉。

“你进地铁之后就等着吧。”

这样的工作安排，着实让我感到疲劳而无奈，我看着玻璃中的自己面色严峻，毫无激情可言，猛然心里一沉，我告诉自己：我得工作，我要想办法刺激别人。我转过身来，眼含哀怨地环视着车厢里的人，并选择某位乘客长时间凝视。那一刻，我相信哀怨远比那些浅薄的卖弄风姿更为醒目，在容易获取、不容易留住的四目相对里，我期待着容易获取的相遇。

刘跃吹着口哨，晃荡着走来，坐在了对面的空座上，就像是一片泡腾片掉进了水杯，破坏了我正在铺排的情绪。就在这时，地铁进站了，一位带着孩子的妈妈走进车厢，这可以称之为拍摄计划外的意外吗？他起身了，列车发动了。我转过身去，积极服从着工作安排，安心等着。他走近了，走到了我的身后，我们假装并不相识。一个“陌生人”站在我的身后，他将他的手搭在了我的腰上。我扭头看了一眼刚上车的那个小孩，他正在看着我。我感到一丝很轻微的羞耻，羞耻这词过于言重了，我姑且称之为不好意思吧！为什么不能等那对母子离开后再来演绎如此拙劣的戏份？我推开了那只搭在腰上的手，并略带排斥地扭头看了一眼身后的人。那个小孩还在看着我，我用眼神告诉身后的人：等一下，现在不可以！糟糕，拍摄计划里我也应该如此排斥，毕竟没有谁会愿意让一个陌生人抚摸自己。我又看了一眼那个小孩，天哪，他妈妈也在看着我！我回望了一眼刘跃，再次用眼神示意，并轻微地摇了摇头。摇头并不是拍摄计划的一部分。刘跃猛然低头，看向别处，不好意思地轻咳了一声，转身走开了。

他会意了吗？我不想在一个小孩面前这样做！

他再次向我走近，我只能低下头来，无奈地长叹一声。天哪！那只手又来了，它爬上了我的腰腹。我该怎么办？！我再次扭头看了一眼那个小孩，此刻，他的母亲已经开始想办法隔绝眼前的这一幕了。“阿姨，眼不见为净，带上孩子，离开这里吧。”那只手开始爬动了，我回头望了一眼他。身后的人惊慌极了，他迅速将手抽离。不得不说他演得好极了，那个眼神真的就是被人识破为非作歹后的惊慌。我可是他的未婚妻！如此这般的心惊肉跳真是让人想要发笑。可是，我要笑什么呢？工作还未结束，他还会再次向我走近，好吧，我等待着。

小孩的妈妈掏出了手机，试图将儿子带入游戏乐园。地铁再次进站，车门打开，那些疲劳的人走了上来，条件反射地落座于空位上。坦白说，当车门再次关闭时，我竟然感到了一丝可控的刺激。窃喜，很强烈的窃喜逐渐在我心里升腾起来，渐渐地使我陶醉，陶醉竟然使我没有留意到地铁早已再次启动，行驶到了郊外。窗外的房屋没什么次序，大多是贫苦人家的砖瓦平房，就连霓虹灯都倔强地一个不理一个，朝东，朝西，朝南，朝北……刚才一闪而过的是什么？可能是别墅群吧……或许不是，可能是幻觉。是幻觉吗？我不确定……这一切就像是以彩排的心情演出一样。在内心深处，我发现我并没有重视这份工作，我重视的只是这一场景下那些可控与不可控的颤抖，这个工作简直就是在以公谋私！我感到整个车厢都在助力着我们，那些玄妙到不可言说的东西正在成形，汇聚在刘跃的指尖，漫游、上涌，最终在我的鼻息里发散而出。这是一种新颖而绵密的愉悦！

“嘿，你俩有完没完，不嫌臊得慌！”一个中年阿姨怒气冲冲地叫嚷着。

突如其来的指责、咒骂让我们迎来了整个车厢的目光，从另一种意义上而言，此时才是真正的整个车厢都在助力我们。

“一上车就不害臊地起腻，你俩是干什么的？”

面对阿姨的喋喋不休，刘跃后退了两步，任由我们陷入一种窘迫的境地。这是一种意料之中的反应，而我却没有意料之中的应对策略，我感到羞耻。刘跃望了一眼摄像机所在的方向。

“我们是什么人关你什么事啊？”

刘跃的回击骤时让车厢内的人气恼不已，我们的摄像机正在拍摄一个正在偷拍我们的手机，寻求真相的他们不知道的是他们各自只拥有一半真相，然而，他们并没有对接的机会。我走到偷拍的手机主人面前，用身体挡住了他，并看了一眼远处的同事。

“哎，大家伙听听，这是人说的话吗？”那阿姨站起身来，走向刘跃。

“他是我男朋友！”

疑惑的错愕在车厢内弥漫开来，我选择在还没有进入真正的危机之前息事宁人，好让众人在这场越发荒谬的闹剧中清醒过来。车门开了，我看到刘跃扫兴地快步离开，我也随即以他女友的身份快步退场。地铁启动之后，我们的故事或多或少地依旧在车厢里上演着，在那里，我们是沉沦，是放纵，是缺乏道德的发情狒狒。

便利店的冷藏柜台散发的冷气正在压制着我体内的燥热，我迫切地想要知道此刻的我与之前的我，哪个才是内心应该侧重的？可是真正的问题是：非要马上做出决定吗？看那眼前的冷气，离开柜台后就消逝无踪，它像极了我这种无用的冲动。

“群里说今天拍得不行，没法播。”他一边说着一边拧开一瓶矿泉水，递给了我。

“好吧。”

“咱们跑偏了。”

“你没有，是我没按照剧本来，对不起。”我感到自责！

“没事儿，这次全当热身了。待会他们可能会有一些牢骚，你别当真，毕竟也是咱们搞砸的。”

的确，是我搞砸了，对此我并不想否认什么，但他让我别当真的预防针反而让我感到些许不安。这一切就像是一个复杂的陀螺，它由情感与工作构成，前者是个“旋体”，后者却是个“反旋体”。一旦我接受了这个陀螺，我就得时时刻刻保证它在高速转动，否则就会瘫倒在地。陀螺真是一个奇怪的东西！

“你在想什么？”

“没什么，咱们的剧本上是怎么写来着？”我赶紧回过神来。

“引起别人的注意之后，尽量把事情闹大，好让后面的摄影机有足够多的素材。”

“那要是出现意外呢？”我追问道。

“比如？”他反问道。

他的神情变得严肃起来，他看着我的时候，像是要告诉我，他嘴里的“比如”真是让人生厌！

能有什么意外呢？我尽快在脑海里寻找着。“比如那个阿姨一生气就晕过去呢，那咱们怎么办？”

他拧上了瓶盖，把矿泉水夹在胳肢窝里，向我走近两步，扶着我的肩膀。

“你太紧张了！放松，今晚早点睡吧。人没有那么脆弱，你太悲观了！我不想跟你争论什么，但我想说：悲观的人也许是对的，但乐观的人会成功。”

在被他揽入怀中的那一刻，我脑海中所有河流都汇入了弥漫着体温的怀抱。他将我定义成了“悲观的人”，我不能说他太容易对我做出界定了，也不能说他不明白我是因为怕他对阿姨的挑衅酿成恶果才偏离了事先的安排。

我在后知后觉中发现其实当时我知道我该做什么的，只是我的情感阻止了我，总之，我不能说什么了。我怕自己说出的话语加深了悲观与乐观的对立，破坏了此刻带有达成一致意味的拥抱。

刘导提前回去了，我的失误让他并不想与我们再碰面了。天已经黑了，即使我在脑海里预想出了多种因为失误导致的惩罚，我也不想再劳神费力了。脑海中的预想虽然明晰，但终究是荒谬的。可是，我们的工作也是荒谬的，没什么可说的……

06

我从动荡的碎梦里挣扎而出时，已是中午了，他出门去单位了。我故作镇定地度过了漫长的下午。晚上，我们见面了。这是一家颇有名气的咖啡厅，台里需要收集年轻人的态度时，都会来这个咖啡厅里随机采访。这里的顾客都是大学生，周边都是大学，朝气与活力飘荡在咖啡厅的各个角落。

我坐在二楼靠边的一张桌子旁，他正拿着纸笔在台本上勾勾画画。

“我给你点了金枪鱼沙拉，你先吃点东西吧。”

“来这里拍什么啊？”

“观察学习，台里决定找个更有经验的演员来打头阵。”

我扭过头去，呼出一口长气：“那我们就做幕后了？”

服务员将一盘沙拉放在桌上，他搅拌着："没有啊，常总只是让我们先学习一下，毕竟我们还太年轻。你先吃点吧。"

我拿起叉子，扭头看向别处，试着不去思考为什么会冒出一个学习机会。为了让自己尽快脱离这一问题，我俯视着一楼，寻找一些引人注目的东西。到处都是大学生，在他们的欢声笑语中，憧憬、渴望在他们的脸上是那么明显，然而，转瞬间，他们的脸上又浮现出了一种得到了一切的满足感。那种不需要耐心，不需要等待，凭借自信的想象便能满足对世界的所有期待。意识到三岛由纪夫说的这一点时，我觉得我已经不再年轻，我陷入了一种需要耐心的等待之中。

"我们得等到什么时候？"

"快了！不要着急，常总没有说我们不行，你不要多心。"

"我没有多心，我就是问问他们什么时候过来，已经彩排好了吗？"

"已经开始了，那个小方桌，在那儿。"

我的目光顺着他指的方向投射而出，经过悬在空中的水晶吊灯与靠在墙边的假树，最终抵达了目标：那张小方桌旁坐着一位西装革履的中年男人，在他的对面是一位少女。我只能看到少女的背影。

“给，戴上它，到时候就可以听到他们的对话了。”

我接过他递给我的耳机，聚精会神地凝视着目标。

“还没开始呢，别紧张。”

在喧闹之中戴耳机监听别人着实让我体会到一种专注的牵引，我为我工作上的失误付出了远比我想象中更多的自责。

“其实这次学习是我提出来的，我觉得你对局外人的想象过于悲观，现实中没那么多极端情况。这次你可以好好看看。”

“测试内容是什么？”

“知道了还观察什么啊！待会开始了你可以猜猜。”

“这个位置也是你安排的？”

“对啊！这里可是最佳位置，一切尽收眼底。”

我戴上了耳机，以局外人的身份观察着将来的我。小方桌旁的男人面色沉稳地顾盼左右，而他对面的少女却用战战兢兢的身姿向周围散播着她所面临的处境。我保证，即使我没有被要求观察他们，我也会向他们二人寻求一种好奇心上的满足。那是一种细微的情绪总是在被干扰的场面，在想象里由年龄建立起的父女关系由于这种干扰而显得不那么可信，可信的只是忽明忽暗的对峙，与他们相比，周围的人都像是穿着睡衣睡裤在卧室里看电视一样。

耳机里有人说话了，我捂紧耳机。

“你们的夜生活都是什么？”那个中年男人问道。

“打热水，洗衣服，与舍友聊天。”

我扭头看了一眼刘跃，发现他也在全身心地投入其中。少女与中年男人的问答在耳机里目标明确地推进着，那些暧昧的话语通过他们的肢体表达了出来。中年男人提高了音量，他为少女点了蛋糕。

中年男人在表演上确实有值得学习的地方，甚至连咖啡馆放的音乐都为他所用，他趁歌声昂扬时大声强迫少女，使得周围的大学生疑惑自问：刚才像是听到了什么？等到歌声平缓时，中年男人便如剧本所写的那样，扭头预估着关注自己的人数，从而选择在一个合适的时机将拍摄推向“关键时刻”。

“天不长夜长，吃了蛋糕，我们到别处玩玩。”中年男人如此说道，周围的人都听得清清楚楚。这句话让周围的大学生一脸惊奇，并上下打量着那位中年男人，随即又转头小声说着什么。

“所以这次就是测试周围人会不会意识到少女有可能遭遇危机？”我把模糊的猜测交给了身旁的刘跃，他却反馈给我更大的模糊。在刘跃的脸上出现了一种需要耐心观察的渐变，像是用定睛凝神的双眼抵御着胸腔里翻滚上涌的气息。看来他在生气！难道是因为中年男人演得好？

“你怎么了？”我不得不问他。

“那是我姑的女儿。”

“她怎么来了？”

“我本想让她过来赚点零花钱，但现在……”

但现在她却要为这点零花钱面对粗俗的难堪。

“你之前也不知道今天要拍什么吗？”

他点了点头。我伸手摘下他的耳机，但被他拦住了。

耳机里的那个中年男人突然提高音量：“吃啊！专门给你点的蛋糕！”

这尖锐的胁迫声打破了大多数人都在观望的局面，期待中的“关键时刻”赫然出现。周围的大学生纷纷望向小方桌，中年男人并没有感到难堪，反而轻视四周，延续着“关键时刻”。中年男人后面的大学生起身走到少女身旁，打算带少女离开中年人所在的那张小方桌。又有一个男子冲向了小方桌，等会，那是谁？！我扭头看了一眼，发现身旁的刘跃不见了，他拽起少女离开了咖啡厅。

在我急忙下楼寻找的时候，我发现咖啡厅里的人并没有将快步追赶的我与那张小方桌上发生的事联系起来，这种发现带来一种在黑暗中拉开窗帘的眩晕感，那些闭上眼睛冒出的星星使我感到阵阵恍惚。我在某些时刻确实像一个局外人观察着一个中年男子对少女的诱骗，可是到了另外一个时刻，我观察到的并不是这些。我开始明白，这两次看似偶然的拍摄失败其实是一种必然的汇合。

07

“今天的拍摄是谁设计的？”我关上了车门，坐在副驾驶的位置上，在心里想着该如何一步步地劝他放弃这种劳神费力的工作。

车钥匙的挂坠在摇晃着，我盯着他，他在看着台本。

“应该是刘导他们，而且他们似乎在提防着我们。你看，给我的台本上并没有写拍摄内容。”

我接过台本，紧接着闻到了车内的香气。我并不在意台本上的问题，我也并不在意是不是同事在提防着我们。我吸了吸鼻子，再次确认了车内的香气，内心却在庆幸香气并不会说出我的游离。

“要不算了吧。”我以为我会逻辑清晰地推导出“放弃”是正确的结论，没想到我说出的竟然是这五个字，“要不”这两个字更是让我追悔不已，它像是犹豫，像是似是而非。我开始把希望寄托于我们之间的默契上，希望默契能够让他理解那些在犹豫与似是而非里的逻辑。

他转头看了我一眼，很短暂的一眼，然后，他点了根烟。一种熟悉的沉默正在悄然弥漫。

“你姑的女儿呢？”我向他问道。

“送回去了。”

“你跟她解释清楚了吗？”

“嗯。”

“那我们也回家吧。”

我打开了车窗，驱散了他吐出的烟雾，将台本折叠起来，放在了夹层里。

“啧！唉……”在这声叹息里，那几缕从他鼻腔里喷涌出的烟雾显得格外无力，转眼就被车窗外的夜风吹散了。

“先回家吧。”

“我们出去走走吧。”

他推开车门，下车了。我急忙拿起口罩与围巾紧跟而去。

夜色很深，雾气很重，它们成团成团地凝聚在照明灯的光线下。我在公园里的一个拐角追上了他，将围巾与口罩递了上去。空气沉闷，我的头脑昏沉。

他接过围巾与口罩，亲手为我戴上。“你嗓子不好，小心又咳嗽。”

我看着他给我系好围巾，戴上口罩，却不想再说什么。

公园的照明灯在高处投射的白光将我们的影子拉得很长，在视觉上，这是一种明显的暗示。那些在上学期间排练的话剧纷纷跃然眼前，人物、舞台灯光等，但在大脑神经里，我并不想追忆那些学术理论。这里没有舞台，这是生活。我们的影子在地上的灰白色灯光里游走，他缓缓走向长椅，落座，用打火机点燃了香烟。烟雾飘来，我用我的身躯迎合着，试图截住烟雾。远处的车流与树梢的响动时断时续地配合着我们的影子，烟雾点缀其中，那些被口罩截住的气息温润着我的脸颊，空中一定有闪着小红灯的客机飞过。

“我觉得咱俩现在的处境挺像一部安东尼奥尼的电影里的场景。你觉得呢？”

“我不这么觉得，我觉得像是一场上半场就丢了三个球的比赛，现在正是中场休息。”

“不是丢了三个球，是进了三个球，我们领先。”我对他的悲观想象做出了积极的回应。

“那更危险！”

“为什么这么说？！”

香烟在他脚下彻底熄灭了，那些灰烬也隐入了尘埃之中。

他站起身来，向我走来，气息平缓。“如果上半场领先三个球，下半场被翻盘了，那就是心理创伤了。”

这句话是在一种意外且罕见的严肃场景中说出来的，我甚至能感到眼前凝滞空气里的有害成分依附在这句话上。

我摘下口罩，从他口袋掏出了香烟，抽出了一根。

“你别抽了，不然又会咳嗽的。”

“没事儿，没那么严重。”

“你去年咳得快癫痫了，不要再节外生枝了。”

“刘跃，我不会咳嗽的，你放心，我抽根烟，咱俩都想想。”

在我们日复一日的习惯里，叫出对方的姓名足以表明我们都认真了，一种彼此都需要谨慎面对的局面通常是由直呼其名开始的。我看着他，特别想告诉他：我的身体足以抵御一支香烟的危害，也可以抵御“三球落后”的局面，但我不能如此慎重，这会加深工作的严峻性。

我们的工作，对我而言是稳定的情绪进入不稳定的环境，但现在的我却在一口又一口的香烟中渐渐不稳定了，环境反倒是很稳定，想来真是可笑。我露出了一种压抑不住的浅笑，更值得深思的是：这个由可笑导致的浅笑竟然拯救了我们。过往的多次事例都是我的内省让我们逐渐滑向宣战，我们会顺势交战，但这一次，这个浅笑扑灭了快要燃烧起的战火。

我扔掉香烟，调动起情绪。“这个工作有你，它可以是一切，但是如果没有你，它就什么都不是。我们现在搞砸了两次，这也没什么好担心的，毕竟我们也不知道台里的想法，顺其自然吧。刘导的提防也没那么严重，他只是外聘的。”

这段一口气说出的话消耗了我足够多的气息，我加快呼吸，试图遮掩咽喉的阵阵干痒，“咳……咳……”

“我说了你会咳嗽的吧。”他拍了拍我的后背。

“我没事儿，空气不好，咱们回家吧。”

他点了点头，抱着我，继续轻拍着我的后背。

“你去年吓死我了！你还记得吗？”

“嗯，记得，咱们回家吧。”

回想起去年的病痛，较之日复一日的平常日子，去年的寒冬因为病痛异常地刻骨铭心。那是一段很漫长的日子，长得像是每天都有48个小时一样，医生说我是体内郁结的气体不断上涌，冲击着发炎的咽喉，继而咳嗽不止。从病理上来说，这不是什么严重的病症，但从心理来说，如果连呼吸都变得谨慎的话，那么，活着就是一种无奈的被动了。在每一天里，我都在被动地等待咳嗽、被动地喘息。身体痊愈之后，那些无奈的被动在我的记忆里像是一种恩赐，就像人生中的很多事，都是被动地发生。后来才会发现，倒是可以从当时的经历里提取一些积极意义，这看上去像是对吃一堑长一智的啰唆解释？不，我并不是在解释这个，我的病情也绝非这么简单。

在那段时间里，我的身体像个容器，更贴切地说，像是炸弹，那种有颗钢珠在炸弹内部游走，一旦炸弹装置整体失衡，内部的钢珠触碰到内壁就会引爆的炸弹。每天醒来，我需要屏息凝神地感受体内的气息，通过呼吸来引导它，但它并不像我期盼的那样。当我起床时，它感到我的整个身躯已经失衡时，它就会释放能量，催生出足以震荡灵魂的咳嗽。从病理层面上讲，这种所谓的“震荡起灵魂”不过是大脑的电流被猛烈的咳嗽影响了，最终都是虚惊一场，但我不是医生，这个病理上的解释并不能描绘震荡的深层含义。坦白说，我不止一次怀念过那种震荡，在不断地咳嗽激起最激烈的震荡之时，意识抛弃了我，但我清晰地记得还有一丝残存。后来与我交流的医生是这样说的：当人被砍掉头颅之后，头脑以为是身躯掉了，大脑神经会有十几秒来感受这一时刻。我在心里诚挚地感谢过医生的这段话，它丰富了我对震荡的怀念，但最难得的并不是因为咳嗽体会了掉头的感受，而是咳嗽的震荡让我的大脑电流失衡，意识消失，身体摔在地上的那一瞬间，我感到我被置于与万物更加直接且紧密的联系之中，像是一种深邃的连接，随后是一种静谧的无垠……这是我怀念的，我把它称为“神圣时刻”，它是最难得的，它是超越经验的，它是更接近生命本质的。

“你很幸运啊，不用死就体会了死亡的感觉。”

这是我的未婚夫对“神圣时刻”的褒奖。的确，我该感到幸运，当我在“神圣时刻”里飞升飘逝时，大脑的电流会立即恢复平衡而让我起死回生。然而，生活的伟大之处在于：在很多的事后回想中，人们才会发现真正的含义。在我的事后回想里，我开始明白，庆幸和幸运都不是这个“神圣时刻”所要表达的，它带我走向了很深很深的地方，但我的大脑电流会立即恢复，把我叫回来，把意识交给我。有一次，就是在那个混沌初开的瞬间，我看到了一面像是矗立在尽头的墙壁，墙壁上是亮到晃眼的光。我眯起眼，费了好大的劲才看到那面墙壁在光里犹如轻纱一般在飘荡，原来那并不是墙壁！人影晃动，有人走出来了。“那是谁？”心潮澎湃的我不得不加快呼吸，翘首以盼。

“那是刘跃。”

08

“你有没有想过咱们的婚礼？”靠在椅背上的我摘下口罩，淡淡地说道。

手肘撑在膝盖上的刘跃扭头看了我一眼，把手机锁屏，直起身子：“为什么突然说这个？”

“我就问问，难道你从来没有想过吗？”

“想过啊，你喜欢酒店还是室外？”他并没有表现出任何局促，看来他确实想过这个问题。

“我都可以，室内吧，其他的都行，但我们出场的时候得好好设计一下。”

“出场？你是说你爸爸把你领出来的时候吗？”

“不是我爸，是我们。”

在我们即将进入领导办公室之前，在我们的工作有可能被叫停之前，在工作的失败引发的困境之前，我决定告诉他，在我生命里犹如神谕一般的场景是什么样的。

“我打听好了，很多酒店的宴会厅都能做到，先用舞美经常用的干冰，再用大功率探照灯照耀干冰，把其他灯都关了。那时候，我们走出的地方像是一面流动的墙，在我们走出来之前，参加我们婚礼的人都会被探照灯照得睁不开眼睛，直到我们的身影出现。”

他眨巴着眼睛，想象着我描述的场景。我握住他的手，靠在他的肩上。

“听上去不错，到时候就这么弄吧。”他紧紧地握住我的手。

“我们的工作要是被叫停了，你打算怎么办？”

“那我们就结婚！”

我撑起身子，伸手端起常总秘书递给我的水，也将他的水递到他的手上。我不知道他是以什么样的心情与我完成碰杯这个仪式的，但在我心里，那声杯子相碰发出的清脆响声就像是一扇门打开的声音。在此之前，我们都对门的那边可能发生的事感到焦虑，更让焦虑变得痛苦。此刻，坐在常总办公室外面的我们在等待着常总的访客离开，然后，我们推开那道门，看看我们之前的焦虑是怎样的结果。这像是一个客观的规律，我们都深陷其中，但是……，碰杯之后，我开始觉得门的那边会发生什么我都无所谓了。

门开了！

面带微笑的常总拉开了门，访客缓缓离开。我站起身来，点头、微笑，向访客传达着敬意，这一套体面的社交礼仪完成的时间远在我的意识之前，我又一次对门后可能发生的事感到焦虑不已。

起身走进办公室的时候，我特意摸了摸常总办公室的门框，我想以后发生的事会让我重新看待这个看似随意的动作。我们坐在我们该坐的地方，以我们该有的姿态面对着常总。秘书再次给我们倒上了水，我们都没有喝。

常总看了我们一眼，暗示我们应该先说点什么。我端起水喝了一口，想着要是在水杯放回桌面之前，没人打破这种尴尬的沉默，我就要说出我考虑已久的计划。

“现在弄成这样的局面，主要问题是什么？”常总如此问道。

我把水杯放在桌上，想着所谓的主要问题。

“宫蕊，你先说！”

“主要是我的问题，我没有正确地把握好分寸，但经过这几次的失败，下次，下次我们一定可以顺利完成。”

“刘跃，你觉得呢？”

“其实是我的问题，我忽略了客观环境的干扰性，在操作性上，我也没有考虑周全。”

常总咂巴着嘴，看了看刘跃，又看了看我：“我觉得主要问题是你们的关系，这样吧，之前的失败没什么大不了的，但接下来的拍摄，你们得分开。你俩没问题吧？”

我摇了摇头，他说没问题。常总点了点头，又想了想。

“除了你俩的恋人关系之外，还有一个次要原因就是：地铁、咖啡厅里的人，他们的情绪状态千差万别，应对我们给他们展示的情况时有太多的不确定。所以，下次拍摄是在公园，宫蕊先来吧。”

我挠了挠耳朵，看着常总的桌面，对他说的公园没有多少兴趣，倒是对他桌上的一支笔感到熟悉不已，我也有那个品牌的笔，相同的颜色，那是刘跃送我的第一个礼物。

“小宫，你看看这个。”

常总把一个文件夹放在我的面前，根据文件夹在桌面上的位置足以判断出这只是给我一个人看的。我翻开文件夹，粗略地看了看。首先，在直觉上，文件夹里的拍摄提纲让我切切实实地感到不适，但这种不适充其量又是一种尴尬得不轻不重，我一时半会还无法准确地掌握住一种体面的分寸。其次，当我深究这种不轻不重的不适时，先是考虑到了生存道德，继而又是源自历史，深深存在于意识形态里的道德问题。显然，在领导办公室桌前，深思诸如此类的问题是不合时宜的。

“嗯，我没什么问题！”我合上文件夹，递还给了常总。

“那你先下去准备准备，我和刘跃说点别的事。”

我隐藏了沮丧，从容地起身离开，在我转身的时候，我很想重新拿起那个文件夹，好给自己再次表达的机会，那样我就可以……为什么总是我就可以？为什么总是这样的怪圈？

那些如何如何最终都在意料之外的结果面前变得面红耳赤。真正的困难是无法预料的，我想起去年的那个中医，他一边拨弄着手机，一边感慨:“天塌下来，我们都会死，你不要想太多，你的病都是闷气所致，旧社会的那些女人都有你这样的病！”

可是，天要是塌下来的话，那一定是有预兆的！

09

这是一件薄纱材质的连衣裙，是粉红色的，胸前开阔，裙摆很高，它被放在我眼前的桌上。我注视着这件连衣裙已经很久了，期间，我抽了两支香烟，喝了两罐啤酒，打了个酒嗝，倦怠的身子从椅子上滑下去了一些。当我吹走了桌面上的烟灰，撑起身子的时候，我决定拿起衣服，穿在身上，并用手机放了一首歌，什么歌无所谓，只要够吵就行。我唯一能做的就是行动起来！

今天的天气很好，朵朵薄云遮住了太阳，太阳又从薄云里游移出来，忽明忽暗的时候我没有感到忽冷忽热。连衣裙太单薄了，从我穿上这件裙子后，感受到的都是寒冷，身子也时常哆嗦不止，这些寒意以极其通俗的方式揭示了连衣裙无法给身心提供保障。为了活下去，我必须尽快走进规定好的道路，并在这条道路上明白有一种监督存在。“这人没事儿吧？”我听到身后有人如此说道，无须回头便可得知他是在什么表情下说出这句话的，因为眼前的人大多有这句话的神情。在这种夹击之中，脸上的墨镜使我避免了与他们目光相对，但较之连衣裙赋予我的特性，墨镜能提供的庇护终究是微弱且无力的。我快步走向规定好的汽车，驶向公园的一个岔路口，那里有从各个方向游逛而来的潜在目标。

这是一辆极其惹眼的亮黄色跑车，台里在它身上倾注的押金足以显示它的价值不菲，我这个暂时的主人必须像是永久拥有它一样，熟练地推开车门，斜靠在车头，将惹眼放大成一种有利可图。此时，正是周末的午后，大家的步伐都很轻缓，脸上的愉悦也因为看见我而变得意味深长。老人们像是被自己吓到了一样，看我一眼，观察周围三眼，仿佛在说：也就是顺带看你一眼。在墨镜的背后被这些细微事件缠绕对我而言是危险的。我这个容易重蹈覆辙的人必须告诫自己不要重蹈覆辙，虽然我早已深陷其中了。为了在以后的岁月里能够更加全面地理解我此时此刻的所作所为，我必须将此时此刻进行更为明确的标记：2015年10月19日，毕业于戏剧学院表演系的宫蕊身穿粉色轻纱薄裙，在下午三点一刻的时候，在世纪公园向众人竭尽全力地展现着轻佻媚态，她的未婚夫刘跃，对此一无所知。他们马上就要结婚了。

“宫老师，主动一点，湖那边来人了。”同事珂珂快步从我眼前走过，扔下这句提醒，我的目光也随着他的提醒望向人工湖那边。当同事的背影不再阻挡我的视线之时，我看到一对男女从湖边走来，湖面上的那些摇曳波光也因为他们的热恋变得异常热烈。闲散游荡的他们并不知晓接下来要发生什么，就在他们离我百十来步时，我走了上去。

“巧了，怎么在这儿也能遇上你啊？”

我这个突如其来的拦路者离他们很近，我极力避免的惊慌失措在他们身上体现得很是明显，看着他们后退两步，我又向前走了一小步。“怎么？遇见我很奇怪吗？”我推了推墨镜，督促自己尽快离开由杂念构成的悬崖边缘。

眼前的女孩鄙夷地看着我，向后拉了拉他的男友：“这人神经病吧，快点走！”

男孩始终没有说话，他的沉默致使我的言语找不到目标，我不得不拉住了男孩的胳膊："你真不认识我了？"男孩甩手摆脱了我的拉拽，看了看我身后的豪车，又环顾了一下好奇的人群："你是不是整容了？"

僵持的局面因为这句话而露出了突破口，我惧怕的颓败之势也随即烟消云散，为了更顺利地夺取工作上的优势，让他身边的女友来面对这个整容问题也未尝不可。我看着男孩，并没有回答他的问题。

"你们还真认识啊？！"好在那个女孩如我所料，不然，我的沉默像是男孩自己弄巧成拙了。

男孩将自己的女友拽向一边，隐约之间，我能听到他们的谈话。那个女孩看上去十分暴躁，她不能理解一件疑似遇上神经病的事件竟然是一种被愚弄的背叛。不知为何，当事态的发展符合预期时，我却被预期里的安排踢了出来，我又忘了自己接下来该做什么了。男孩走了过来，他女友的表情早已超出了形容词的范畴。

"那是你的车？！"

"是啊！"

"你现在忙什么呢？！"

这个男孩身后的那个女孩给了我一种强烈而又未知的冲动，在心里快速梳理后，庞杂的冲动渐渐地整合汇总：停下来吧，不要被愚痴蒙蔽。我摘下墨镜，看着眼前的男孩，希望他能通过我的样貌明白我不是他那个整容的朋友。

“整得还行啊，比以前漂亮多了。别站着了，齁冷的，车里说吧。”他拉开车门，坐在了副驾驶的位置上。糟了，那个女孩消失了！我急忙拉开车门，坐回车里：“你女朋友不见了！”

“这不是在眼前呢嘛！”

“不好意思，你误会了，我们是在做一个节目。”我手指向窗外，那里的摄像机足够证明节目的存在。

“看来咱俩还真不认识啊，我叫杨沛，你叫什么？”

“你快去找你女朋友吧，我们真是在做一个节目。你看外面。”咦……为什么摄像团队不在了？男孩向外看了看，他也没有发现摄像团队！“哪呢？没看见啊！你玩得还挺深，咋了，不想负责啊？”他的讪笑像极了那些被遗忘在锅碗之中的饭菜，这霉菌一样的讪笑，让人厌恶。我把墨镜扔到一边，腾出手来，发动汽车。

“咱们这是奔哪儿啊？”杨沛自觉地系上了安全带。

“你女友当时咋说的？她说她去哪儿了吗？”

“我们已经从公园里出来了，你找不到她的。”

过了一个弯道之后，我停下了车，打开了车窗。“既然找不到那个女孩，那就不找了，请你下车。”我扭头示意他看窗外不远处停着的一辆警车。

“嘿，那我要是不下车呢？”

我迅速熄火，准备推开车门，杨沛急忙拉住了我：“别介啊，警察叔叔很忙的。”我甩开了他的手臂，不知该用什么态度来驱赶他。“引起你女朋友的误会，我深感抱歉，这个节目也许有不道德的地方，但不违法，现在这个节目结束了，请你下车，如果你不下，咱们就去派出所说清楚，我可以找我的同事帮忙，以证明我所说的。”杨沛看了看不远处的警车，恼怒地拍了一下车窗，打开了安全带，起身下车了：“我记住你了，你给我等着！”

“今天的事，是我们对不起你，你快去找你的女朋友吧。”杨沛早已快步向地下通道走去，他消失了，不知道他有没有听到我的道歉。

车窗关上以后，车里安静了许多，我不想在拍这个愚蠢的节目了。悔恨、羞耻、哗众取宠等，它们蜂拥而上，掐住了我的咽喉。我在车里翻找着香烟，并随口嘟囔抱怨着，臭骂着。突然，一个偷拍用的小型摄像机让一切都静止了，它记录了刚才发生的一切，以及那些抱怨。我拿起一件衣服盖在了摄像机上，并在心里追悔不已：我怎么把它给忘了，拍摄的后续部分是在车里进行的。

“你干什么呢？！”我给刘跃发了一条微信。没过多久，他回了一张跑步机的照片。我拿起那件盖在摄像机上的外套，穿在身上，小心翼翼地把摄像机朝向前窗，也小心翼翼地在心里复盘了一下整个拍摄内容，大致上算是顺利完成了，但还是有很多细节充满了似是而非的多义性。

10

在炽烈的油锅里，那些姜丝与蒜片正在泛黄，它们萎缩到干瘪的时候，黝黑的颜色宣告了彻底的无用。“这都糊了，你干什么呢？”快步跑来的他关上了火，调大了油烟机的吸力。当我回过神后，发现心里全是浓烈如刺鼻油烟的烦躁，我无法平静下来，锅铲被我扔在锅里：“我不做了，你点外卖吧。”

“嘭”的一声，我狠狠地关上了卧室的门，躲在了卧室里。我把自己扔在了床上。天花板上的气球竟然老了，即使抵住屋顶的它依旧可以飘飞，但那些曾经拥有的光泽，那些饱满的鲜活都不在了，我开始祈求它能够立刻无力地跌落下来，好让我能够亲眼领会衰败的真实面目。

“我不想干了！我明天就去辞职！”我高声呼喊着。

“好！你想吃什么？”

意料之中的斗争并没有如期到来，我在平和的惊喜里坐起身来，但我又无法确信这个惊喜是不是我的一厢情愿，毕竟我无法得知他的表情。

“我不饿，你吃吧。”我又瘫倒在床上。

“那我点比萨了，给你留一些。”

“哦！”我轻声地说道，他并不会听到。

客厅里的刘跃听上去像是并不明确我要辞职的决心，但这并没有重申的必要。一条崎岖、陡峭的山路在大雪之后往往都是平顺、洁净的，辞职便是走上这条山路，到时候哪里有坑也就知道了。脑海里的大雪封山让我意识到一丝凉意，寒风从没有紧闭的窗户缝里溜进卧室，这让我身下的松软被褥变成了往事里的雪地。那是三年前的冬天，我们去郊外滑雪。在滑雪场的无人角落，快乐与亢奋促使我们用身体摩擦出火焰驱赶着天地间的寒意……猛然间，我撑起身子，坐在床上，为了更坚定地辞职，我必须杜绝回味往事，以免往事干扰我的决定。我要做的就是：跳下床，向他说明，自此以后，我不再是他的同事了。

“咱们这个事儿如果在网上成功了，台里的战略转型也就完成了。”他郑重其事地说出了我没想到的意义，这的确非同小可，由于网络节目的兴起，传统电视台都在想方设法地寻求着转型的机会。他把番茄酱均匀地涂抹在比萨上，放在了我面前的盘子里。饥饿的我不知道该不该拿起这块难以消化的比萨！

“先吃饭吧。”他淡然地说道。

我拿起比萨，强迫自己压制住心里起伏的波澜：“你就不想问问我为什么辞职吗？”

“那你说来听听。”他的语气依旧轻淡。

不知为何，听他这么一说，反倒使我说不出口了，好在可以借着咀嚼食物来加以掩饰。唉……这都是所谓的战略转型造成的，但它的重要性又是什么呢？

“常总是不是对你说什么了？转型之后要怎么做？”

“也没说什么特别的，转型之后也没聊！你要辞就辞吧，等拍完这个，咱们就结婚。”

“那你到时候好请假吗？”

“应该可以吧。”他拿纸巾擦了擦手，转身走向身后的冰箱，“你喝什么吗？”

“我喝水就行。”让人劳累的猜测又要开始了，“那我辞职，你生气吗？”

拎着两瓶啤酒的他坐回了饭桌，在用开瓶器逐一打开后，将其中的一款樱桃味的啤酒递给了我。“喝一点吧，轻松点，这不是一个沉重的话题。”

“那你生不生气？”

“你猜我会不会生气？”

虽然这是一个他惯用的句式，但其中的“猜”字在此刻让我倍感烦躁。“别闹，我需要你的支持。”

“那我就不生气。”他喝了一口啤酒。

“真的？”

“真的！”

“但我觉得，我要是辞职了，常总一定会很生气，那时候……”

那时候可能发生的事让我在此时陷入了惧怕的情绪中，可惧怕又让我明白，原来我们是一体的，这又让我收获了信心。“算了，我还是接着干吧。”

饱腹的困乏来了，我退出了交流，置身于沉默之中。他似乎说了几句对当下时事的评判，可我并不在意。我感到啤酒的杀口感之后弥散开来的樱桃味，“樱桃的味道”，我自言自语地说了一声。

“咋了？你在说啤酒还是那部电影？”他问道。

“没事儿。”

他没有深究我的答非所问，我走向沙发，瘫坐在那儿。我不是在说啤酒，也不是在说阿巴斯的那部电影。我要说的就是“樱桃的味道”。它第一次降临在我的生命里时，我还很小，五岁或是六岁。那是一个雨后的冬日，我能够回想起当时的凛冽寒风是多么潮润、无声。我的鞋子湿了，这不是我的猜测，当时我的鞋子的确被泥水渗透了，可我的父母呢？他们并没有时间察看他们的女儿。他们可能在队伍的前面，或者在别处。那是一场亲戚的葬礼，我的脚很冰冷，嘴里含着一块快要化为乌有的水果糖，糖里的樱桃味附着在我的舌面上，黏腻又浓郁，我用牙齿刮了刮舌头，是如今啤酒里的樱桃味。周围突然爆发出像是三二一倒计时之后的哭声，整齐划一，那位离世的亲戚躺在棺材里被人抬了出来。没人要求我也要跟着哭泣！当时的我可是刚吃下人生中第一块樱桃味水果糖的小孩，我怎么会有眼泪呢？我可开心了，但我真的被周遭的哭声吓到了。开心的人却被吓到了！这种蹩脚的状态听上去像是一个不入流的编剧写的，可当时的我确实是这样。哭声吓到我了，我想回到爸妈的身边，可面前并没有道路，只有望不到头的一片白色，那是送葬的人们穿着的白色长衫。他们象征性地排成队列。我惶恐极了，想要往前走去，但我太矮了，就像一块岸边的礁石被奔涌的白色浪潮拍打着。后来，棺木的出现平息了在我身边激荡的浪潮，人们都跪了下来，我开始照做，就在我即将跪在泥水里时，身后的人却将我一把拖住。我回头看见，她用布满泪痕的脸示意我不要当真。不要当真……不要当真……

“亲爱的，你小时候有什么印象深刻的事吗？”

正在收拾饭桌的他看了我一眼：“太多了。”

“说说嘛。”

他走了过来，坐在了我的身边，从烟盒里掏出一根香烟，没有点燃。“我有个小学同学，叫什么也忘了，他干了一件事，我到现在都觉得匪夷所思。”他的语速很慢，我似乎从来没听他说过这个故事。“我们男孩子差不多是那时候开始有性意识了。他说他晚上躺在床上闲得无聊，就开始研究自己的生殖器，正好床头柜里有把弹簧锁，他就锁住弹簧锁，对准自己的生殖器拧开了锁，结果那个“U”形铁环弹出来打得他差点晕过去，哈哈哈哈，真是笑死我了。”

“哈哈哈，听上去像是你们男孩子会干的事。”

“我到现在都不知道他是在什么样的思路下干出这件事的。”他点燃了香烟，但压抑不住的笑意让他无法抽烟。

“也许这是一种很自然的创造力，这个同学现在在做什么？”

“不知道，小学同学都没什么联系了。”

我撑起身子，夺过了他手中的香烟，他又点了一根。

窗外，云影飘散，夕阳的光照让我眼前豁然明朗，香烟的烟雾萦绕其中，我看见了葬礼上的弹簧锁。

11

3.28千米……

这是一种肌腱的慢性损伤，是由于长期保持一种紧张的姿势，产生的疲劳渗出。

什么叫作紧张的姿势？

261千卡……

生活中有很多这样的例子，长时间伏案写作，或者躺在床上，长时间手托腮，疲劳渗出就和肌腱的腱鞘粘连在一块了，时间一长容易形成慢性腱鞘炎。

3.31千米……

272千卡……

精神紧张也是次要原因，但这个病并不严重，是种小病，谈不上疼痛，就是有时会不舒服。比如当手臂撑着的时候，手掌会有一种撕裂的疼痛，很短暂，很快就会消失。人体有时候就是这样，很多人都认为是大脑控制着身体，但大脑没有指示时，身体依旧可以自发运作。

我把跑步机的速度降到最低，汗水从额头流下，胸腔起伏着。落地窗外有只野猫躺在草丛里。眼前的小电视里播放的养生节目似乎在向我传递着一种暗示：何必活在大脑指令与身体运作之间的缝隙里？汗水依旧在流，以前这是证明瘦身的成就，如今……我需要等它挥发，留下汗渍与汗臭。

“太傻了……”我跳下跑步机，快步走进浴室，冲掉了汗水。

“汗呢？”他问道。

“洗了！”我说道。

虽然在这间十几平方米的浴室里，我们靠得很近，但在他的一声长叹之后，我们之间的距离正在渐渐拉开，沉默得越久，相隔就越远。我从镜子里看到烦躁浮现在他的脸上，他的呼吸里渐渐聚集的是我的坚定，吵架即将发生。

“听着，我们不要为了这些破事吵架，我们需要保持一致，不要肆意煽动情绪。”他无奈地摇了摇头，双手叉腰。

我揉搓着湿漉漉的头发，尽量让自己表现得理智一点。我拽下毛巾，擦着头发：“我没想吵架，但我觉得没必要用汗臭体现我是受压迫的一方。把吹风机拿给我一下。”

他俯身从柜子里拿出吹风机，将插头插进电插板。

我打开吹风机，它的声响顿时侵占了我们的空间，于是我关掉了它。“我们做的这个节目，它的看点在于由我们的对话引起的周围反应，我们没必要像拍戏那样沉浸其中，我们要做的只是把信息传递给周围的人，让信息在他们的脑海里激发想象。”

“我明白，我明白，可是我怕节外生枝，毕竟这是常总要求的！”

“常总介入内容策划了？”我震惊地看着他。

他点了点头。我打开了吹风机，好让我的恼怒躲在吹风机的噪声里。然而，我却无法明确常总的过分之处，这让我的恼怒意外地转向了自己。常总当然可以有他对表演的认知，他强调的汗味自然也有他认可的价值。唉……熟悉的感觉又来了，这又像是“我搞砸了一切”。发丝在我眼前随意纷飞，这让我对自己的恼怒濒临失控。我关掉了吹风机，把头发扎了起来。“事到如今，没什么好担心的，拍吧，拍完了结婚。”

他点了点头，靠近了我，手伸向了我的胸前。

“别闹，赶紧准备吧。”

“时间来得及。”

“来得及是来得及，但我不喜欢赶时间的感觉，别闹。”我拿起内裤，穿在身上，“快去准备吧！”

“你跑完步还有劲儿吗？”他体贴地问道。

“又不是拍打戏，当然有了。”我穿上文胸，调整至舒适的位置。

“衣服放在外面了，你慢慢来，不着急。”他转身离开了。

只穿了内衣裤的我看着眼前的青色大衣，淡黄色的长裤，浮现出一种农耕文明式的形象特征，紧接着出现的是一些相关品质：勤劳、忍耐，这些粗劣的角色设置即将像一个个幽灵一样携手融汇于我的头脑之中，最让人无法拒绝的是那些天真的愿望或许会因此得以实现。然而，生活就是这样，就像诗人阿多尼斯说的："在我梦想的生活和我生活过的正在变化的梦之间。"很多时候，观念与现实的矛盾，都是感受在做和事佬，现在的无奈与愤恨之所以没让我崩溃是因为我还颇为得意：即将穿上过去的衣服面对接下来的未知，这一切都让时间变得轻盈可控。我感觉我像个上帝一样。

"麻烦把桌子收拾一下。"说这话的是一位年轻妈妈，她右手抱着孩子，左手撩起额前的发丝，看上去深陷于劳累之中。

"我不是服务员。"我淡淡地说道。

年轻妈妈叹息着走向不远处的服务员，并回头看了一眼待打扫的餐桌。不知在她回来之后，这张餐桌的使用权还是不是她的，我要去的那张饭桌在三五步之外，我落座时，周围的人并没有被我的底层装扮吸引，这反而让我可以更加自如地置身于起跑线上。

"服务员！"对面的刘跃高喊一声。

服务员像是知道我们的计划一样，给了我们三五分钟的准备时间，这也让他的到来变成了真正的开演。

“后期说之前的素材推进太快了，咱们得再往前一点。”他轻声说道。

我点了点头，尝试在点头这个动作中接近诚惶诚恐的状态。

服务员来了，对面的他在菜单上指指点点，动作之快，让服务员倍感匆忙。

“都记下来了吗？”他问服务员。

“记了。”服务员走了。

此刻我需要的惶恐正聚集在我的表情里。

“你这次来找我什么事？”他厉声问道。

“老家也没什么事了，我就过来看看。”我唯唯诺诺地说出了我该说出的台词。

“谁让你来的？”这句话足够响亮，像是一声响雷炸在了明亮的餐厅。糟了，我不能游离。我面露难堪，无助地捏了捏衣角。

“我跟你说了多少遍了，你在家好好照顾爸妈孩子，我在这边很忙的，你过来干什么？！”

“我还不能过来看看你嘛。”我对自己颤颤巍巍的语气感到满意。

“啪”的一声，他拍了一下桌子，吓了我一跳。服务员上菜了，把菜放在桌上后，服务员淡淡地说道:“桌子拍坏了是需要赔款的。”

“要你说！拍坏了我赔。”他高喊道。

在服务员的推动下，周围的人们开始注意到我们了。我把头压低了一点，尝试通过肢体表现出一种对丈夫骂骂咧咧的羞愧。“别吵了！人家也是善意的提醒。”

“要他说！我赔不起一张桌子吗？”

为什么又是剧本之外的情节？难道今天又要节外生枝？！“我没有那个意思！”

“那你是什么意思？！我跟你说了多少遍了，我出来是忙正事儿的，你老出来找我干什么？你是一天没事儿干吗？”

服务员离开了。

“我现在也没事，孩子有爸妈照看，我就想出来看看你。”

他轻蔑地笑了笑，拿起筷子，吃了一口凉菜。“爸妈多大了，他们要是有个三长两短，你怎么办？去医院哭吗？”

我放下了惧怕与卑微，高喊道:“你为什么这么排斥我来看你？你是我老公，我来看你，有错吗？！”

佯装生气的我扭头看了一眼四周人们的反应，在这个陷入了短暂沉寂的餐厅中，我们成了无可置疑的焦点。那个把我当作服务员的年轻妈妈此时正在看着我，但她怀里的孩子又让她无暇顾及太多。十点钟方向的那桌年轻人里倒是有个女孩饶有兴趣地注视着我，并在说些什么，或许，她压根就没有发出声音，又或者是我的期待跑到了现实的前面。

“见面了又能如何呢？你有没有想过见面的时间在耽误我的工作？我不工作，咱们怎么生活？”

“能耽误多少时间？！是不是因为我来得突然，没提前跟你打招呼？”

“你胡扯什么呢？！”他高喊着，向周围散播着信号。

我把筷子摔在桌面上，一边响应着信号，一边巡视着周遭的反应。那桌年轻人里有人起身了，这是个机会。“别在这儿待了，跟我回去吧。”我高声呵斥道。

“你嚷嚷什么？！回去干吗？你现在倒是教育起我来了。”

“什么叫作教育？我是在向你建议。”

"吃饭都堵不住你的嘴了吗？你今天话怎么这么多？"

我看过他的台本，他现在有好几句话都是即兴发挥的，我不知道他为什么会这样。

"说话啊！我问你话呢？！"他高声质问道。

他有些异常，在直觉上节目已然没法录了。就在我转身离席之时，他突然上前，拽住了我，给我造成了不大不小的惊慌与恼怒。我低声问道："你没事儿吧？你怎么了？"

"我问你话呢？！"依旧是挑衅的话语，他的神态变了。

"你让我说什么？"我有些厌烦了，但不得不再次低声问道。

他看上去十分生气，侧了侧身之后又俯身凑近我："我问你话呢？！"

"你想让我说什么？！"我向外推了推他，希望他能恢复正常。一只手突然从他身后伸出，拽住了他，是那桌年轻人里的一个男孩。

男孩把刘跃向后拽了两步。刘跃脚步凌乱，差点摔倒。我急忙上前搀扶，却险些被他扬起的臂膀打到。矛盾已经转移了，难道这又是我不知道的录制内容？接下来是他和男孩的矛盾吗？

那个男孩有些紧张："大哥，好好说话，别动手啊。"

"你谁啊？"

一时间，我无法做出判断，只能呆呆地站着。然而，让人难以相信的是我竟然有种同谋的快乐在心里活跃起来。前一秒，我的敌对方是我的男友，后一秒，我男友的敌对方是眼前的这个男孩。那么，我该和谁同谋？倘若不是在脑海里迅速做出思考的话，我可能就站错队了。我上前拦住青年，让他离开。

"有你什么事儿？！"刘跃喊道。

我的男友站在了我的对立面。无尽的失落侵占了我的整个头脑。从所有的意义上来说，这句话都构成了伤害，但意义在这个场景里从一开始便是扭曲的，因此，深究下去反而会迷失在意义里。我突然感到胸闷，我要离开了。

男孩先后看了我们一眼，脸上挂着转瞬即逝的嘲笑："大哥，进去拿凉水洗把脸吧。"刘跃上前拽住我的胳膊，男孩又一次拉开了他。

我甩开刘跃的手臂，怒视着他："你自己玩吧。"一阵巨大的推力把我甩在了墙上。"你有病吧？！"

“啪”……

耳鸣在安静的餐厅里异常明显，灼热的刺痛在我的脸颊渐渐散开，我抹掉了眼里的泪水，迅速脱下外衣、长裤，在人们的注视下跑向了清冷的室外……

一切都没有了……

12

这是一个极为艰难的时刻，已经是很深的秋了。我从来没有想过我会以这样的方式站在街头。太阳快要离去了，只穿了内衣裤的我在秋风中反复说道“一切都没有了”，刚才一路小跑产生的热量褪去了，秋风中的寒意让“一切都没有了”渐渐地机械化，像极了一个已然生效的咒语。

“为什么没有出租车？！”我在心里咒骂道，并倾尽全力让自己暖和一点。终于，有辆出租车停在了我的眼前。如果说过去发生的事如同雨水的话，那这辆出租车便是带我逃离暴雨天的救命稻草。

“一切都没有了！”上了车的我依旧在重复着这句话，我甚至无法向出租车司机证明我不是一个神经病。

“没事儿，你去哪儿？我不收你钱！”

“麻烦你开一下空调，我冷！”在一阵哆哆嗦嗦的深呼吸之后，我渐渐地恢复了意识。

身体的回暖……

某种意义上的对撞……

未来不再值得期待……

缺乏恨的仇……

这些定性的语句在此刻并没有什么意义，我需要的是坚定，而不是任由思绪飘飞。坚定地离开，坚定地分手。

“姑娘，你去哪儿啊？”

“东方珠景小区。”

他最好在家给我这个没带钥匙的人开门。

出租车拐了个直角，不大不小的惯性让我的脸颊贴在了车窗上，说来奇怪，车窗上的冰冷像是冷却了我那飘飞的意识。

“师傅，到了之后你等我一下，我上楼给您拿钱。”

“没事儿，我也没打算收你钱。”

“那你想要什么？”

出租车司机冷笑了一声，透过后视镜看了我一眼：“姑娘，我看你在外面冻得够呛，我就拉你了，你别觉得我像是别有所图一样，没意思。”

“不好意思，误会您了。”

“没事儿，我就是有点好奇，您这是干什么？怎么这样啊？”

我该从何说起呢？“我是个演员，很低级的那种，工作很傻，就是在人多的地方演个可怜人，看看有没有人救我？”

“哎哟，这么深呐！然后呢？”

“跟我搭档的是我的男友，他今天可能是鬼上身了，演着演着就给了我一巴掌，我当场就不干了。”

出租车停在了一个红灯前，司机笑了笑：“你们这工作图什么啊？”

“图一个幻想。”我也笑了，是啊，这么蠢的工作图的是什么呢？

“我没别的意思，我就是觉得你们这种工作特别像那个新闻。”变绿灯了，出租车驶向家的方向。

“啥新闻？”

“说是一对夫妻幻想买彩票中了五百万，两人因为分钱问题打了起来，你琢磨琢磨，是不是这么回事？”

“是这样。”在强烈的悲哀里，我特别愿意承认出租车司机的话，尽管悲哀早就显现。

猛然间，强烈的酸楚翻滚而来，我被无法抑制的哭泣拽入了彻底的无我之中，在那里，我就是个孩子，哭泣是我唯一的办法。在那些流进嘴里，抹在手上的眼泪里：过去的种种都沉入了海底，那些一开始引以为荣，最终都是无效的尝试统统都沉了下去，后来，我看不见了，我眼里噙满了泪水，我也沉入了大海。

太阳照常升起。

我记得那一天。他躺在沙发上，等待着一场即将开始的球赛。当时，体育台在播放拳击比赛的录像，第三回合刚刚开始。那时候，我在一种激烈的声势里畅想着我们的婚礼，手机里是我查阅的婚礼信息，流程繁杂，环节很多，让我印象深刻的是“堵门”这个环节，因为我被网上的一个想法吸引了，我甚至觉得我应该去结识提供这个想法的女孩，我很喜欢她的想法，以至于看到之后，立刻付诸行动。

我那时候有四五支口红，每一支我都审视了很久，用了近一个小时。最终，我选中的是一支“萝卜丁”。现在看来，在那几支同样喜欢的口红里，最终脱颖而出的，其实是售价最高的一支。呵，当时我可是穷尽所有的想象让自己的选择富有深刻含义。有时候，就是这样。一件事往往在事后才会浮现出真正让自己能够接受的原因。

口红选好了之后，我便极其细致地抹在了嘴上，然后，走出去告诉他：结婚那天，会有一张满是唇印的纸让你选，你记住了，这是我的。一定要记住啊！不然，你就进不了门了。

他说他会记住的。

好了，不能再回忆了，但在感情彻底结束的时候再想起这些倒是别有趣味，这像是为了忘却的纪念，又像是一种谋杀，现在的我用那支口红杀死了过去的我。这样的感慨，我是满意的，其中很少有感情的成分。对，事到如今，我不能有任何感情。我把香烟熄灭在放在肚子上的烟灰缸里，把脚从窗台上撤下，站起身来，伸展了身子。

钥匙插进了门锁，他回来了。

我端起放在窗台上的水壶给盆栽浇上了水，这是最后一次浇水了，我的身后是大大小小的纸箱，里面装满了我的行李，我要离开了。

“你吃了吗？”他轻声问道。

我看着盆栽里的水缓缓地渗出，渐渐地流向窗台的边缘。

“你都收拾好了？”他轻声地感慨道。

我想了想，转过身去，点了点头。

“明天周一，城里堵车，你要不再待一天吧？”他轻声建议道。

我摇了摇头。

他把钥匙放在了桌上，把外衣挂在了衣架上，突然抬头看了看我，我急忙撤回了看他的目光。“动手这事，是我的错，对不起。”

“道歉的话，你说了太多遍了。”

“宫蕊，我不明白你到底是怎么想的，动手是我的失控行为，我愿意为此向你诚恳地道歉……”

“道歉的话，你说了太多遍了。”

“你能不能听我把话说完！好…… 你既然心意已决，我就来说说我是怎么看待这段感情的。”

焦灼，他很焦灼。我不知道他会不会再次失控。那些他即将说出口的车轱辘话其实对我而言毫无意义，但我不能打断他。“那你说吧。”

“我想想该从哪儿说？”他摸了摸额头，“你知道，对于你，我最想知道的是什么吗？”

“什么？”我为什么要接茬？让他一个人自娱自乐好了。

“作为你的男朋友，很多时候，我都不知道你在想什么，你不觉得这是一种悲哀吗？”

他的眼里满是委屈，但他又是个演员，我不知道该不该相信他。“大家都是成年人了，没必要什么都说。至于你说的悲哀，你知道我是怎么理解的吗？我们在一起之后，悲哀一直都在，但我们一直在用爱来抵御。现在，爱情缴械投降了，悲哀赢了！”

“成年人？！我在爱情里还要像个成年人一样活着？！你考虑过我的想法吗？太累了！像个成年人一样恋爱真的太累了！”

“嗯，现在你可以不累了！”我淡淡地回复道。

他长叹一声，从冰箱里拿出了一瓶啤酒，无奈地摇了摇头：“咱们确实不合适，跟你相处让我很累，你不说话的时候，我总觉得你在想象着什么，我不知道在你的想象里，我是什么形象。真的！”他说完之后便死死地盯着我。

“没什么形象，我也没想什么。这也是真的！”我也死死地盯着他。

“呵呵，都分手了，你还是看不起我！你现在应该脱光衣服，躺床上解决我们的争论，因为我在你眼里就是个头脑简单的猩猩，与其费尽口舌跟我争吵，不如让我彻底像只动物，这样你就满意了！”

这个说法真是绝妙至极，足以击溃任何一个男人，但在我们的感情里，我不是这样的。“刘跃，别生气了，我从来没有看不起你，真的！坦白说，我确实想得多，我说不出口是因为很多东西是没办法说的，但那些东西都是好的，是有助于我们的感情的，可惜，我们还是失败了！”

“这难道不就是看不起我的意思吗？”他说完便哭了。

刹那间，我像是跌入了无尽的悲凉之中，万万没想到这段感情的当事人是这样定义这段感情的。我想抽烟，但手不自觉地抖了起来，我不能让他看到我的慌张。我点燃了香烟。“刘跃，对不起！尽管你误会我了，但我还是应该向你道歉，作为你的女友，让你感到不舒服是我的不对。”我终究还是没能压制住自己，眼泪滴落在地面时，我不得不深呼吸，迫使眼泪止住，但我还是哭出了声。

“烟烧到头发了！”他大喊道。

我把烟扔在脚下，踩灭了它，瞬势蹲了下来，在逐渐汹涌的难过之中，任由眼泪与哭泣将我吞噬。

“别哭了，我们别分开，好不好！”他祈求道。

“不好！”我猛然站了起来，拿起几张抽纸，擦拭着眼泪。我不知道他是什么时候走到了我的身边。

他发出了一声奇怪的声音，像是腹腔发力，清空鼻腔：“我们都是学表演的，我现在开始怀疑你刚才的眼泪了。”

“随你便！”我快步走进卧室，赶在他没发现之前，尽快驱赶刚才的难过。怀疑我的眼泪？！我无奈地摇了摇头。

嘴里的眼泪渐渐化成了一种干涩的感觉，我想喝水，但现在走出卧室的困难却是我无法克服的。卧室里一滴水都没有，莫名的烦躁趁着干渴涌上大脑。他竟然质疑我的眼泪？！竟然说我在演？不可理喻！才十一月，为什么机票如此短缺？我要是昨天离开就好了，趁他在单位里善后时，我不辞而别！唉……好累，身心俱疲，我瘫倒在床上。半睡半醒的时候，我像是在一个浅梦里游荡，眼前铺展开来的是一种单调的乏味景象，像是剔除了梦幻元素的土耳其图兹湖，又像是在即将降落的飞机上看到的薄雾云层。这个景象的出现，足以证明我还没有进入梦境，抑或是，我确实是在梦里。总之，这段长达三年的感情在首尾两端完成了一种仪式上的呼应。如果说对这份爱的坚定是因为我在咳嗽的深处置身于“神圣时刻”的话，那么这份感情完结在白雾弥漫的一望无际里也算是有始有终了。

13

翻身之时，在睡眼蒙眬之中，一道目光如同尖刀一样刺了过来！

“你干什么？！吓死我了！”我急忙擦了擦嘴边的口水，趴在床上，“你什么时候进来的？！”坐在床沿的他缓缓起身，床铺也随之释放了一些压力。被吓醒的恐慌与起床的烦闷交织在一起，我整个人就像是一个被点燃引线的炮仗。“我问你话呢？！”

“没什么，我就是进来看看你。”他离开了卧室。

我撑起身子，揉搓了一下脸颊，跳下了床。“你知道我刚才想到了什么？我竟然以为你要杀我。”走出卧室时，我看到他的行李箱铺展在地上，“你为什么收拾东西？”

他在给他的便携式酒壶里灌威士忌:“我也打算出门，你去吗？”

“我已经买了票了！”

“退了呗。你不是一直想去自驾游吗？”他把剩在瓶底的威士忌一饮而尽。

“自驾游？！那你带酒做什么？”带酒自驾？谋杀？我以为是无缘由的错觉在这时候露出了缘由。

“你怎么这么看着我？！”他看穿了我的心思。

“没什么。”我拧开桌上的矿泉水喝了起来。

“你这人就是想得多，我怎么会杀你呢？你总是用你的想象来理解我。我带酒是到了之后喝的，不是开车时喝的。”

“你不上班了吗？”我捏了捏矿泉水瓶子，装作提出了一个无关紧要的问题。

“我辞职了啊！”

“啊？！真的假的？”

“真的！”他一脸认真地确认了。

我看着他，不知该说什么。这就像是只属于个人的抉择在这一刻分裂出了一种不知道该如何负责的责任，这让分手后的豁然开朗被迫驶向了逼仄的小巷，像是跌入了陷阱，到处都被堵死了。我只能沉默。

“我只是希望我们能找个安静的地方，好好回忆一下过往，我们不至于分开。”他走了过来，脸上带着浅薄的歉意。

他能以过往的名义道出如此自负的挽回，其中由失望催生出的放手反而是种极大的愉悦，让我有种按摩后的如释重负。“想起过往，我只感到脸很疼，明白了吗？”

“那你扇我一巴掌吧。”

不知从何时起，无稽之谈开始循环起来，我必须赶在耐心瓦解之前甩开这条让人倍感憎恶的衔尾蛇：“你忙吧，我出去吃点东西。”

“我根本没有勇气离开你。我不想再花时间去习惯另一个人，去接受她的好与不好，那将是重复再重复。”他言语中的情绪十分激动，郑重其事、一字一句，我都听得清清楚楚。

门框的冰冷透过掌心即将抵达正在发热的头脑，这一次，我决定相信头脑。“好吧，我和你一起去。”为了避免头脑彻底发热后的拥吻，我急忙走出了家门。

14

打了一个哈欠之后，机油与尘土混合在一起的气味让原本就不适的肠胃干呕出昨夜的酒气，我左肩上的皮下肌肉开始跳动起来。

“总担心自己得病是不是一种病？”

“咱们的车呢？”他在寻找的同时将我的问话定义为自言自语。

“在那儿呢！”他快步走了过去。

我上车后，便用围巾把脑袋包了起来，我只想一觉睡到目的地。

“你为什么不把车停在该停的地方？”他质问道。

“我也忘了。”

“什么叫你忘了？你停在别人的车位上，这就有问题。”

“我想起来了，当时咱们的车位被人占了，我就停这边儿了，这边常年没有车。”

“啧，这不是理由！”

“好吧，我错了！别说话了，好吗？”

在一声缓慢的叹息后，他摇下了车窗，抽了根烟。我把包住口鼻的围巾裹得更紧了。

“我得听歌，不然会困。”

“听Michael Hoppe吧。”

在轻柔、安详的凌晨，我们出发了，这或许将是我们最后一次共处。多年以来，我们彼此对这段感情的投入早已在时间里上升到了更高的维度，如今走到终结时，才恍然发现那些投入的爱便是我们自身存在的意义。汽车经过弯道，爬坡向上，外面一片漆黑。这将是真真切切的告别，那些高维里的感受都会跌落、展开，最终都在稀松平常里归于冷寂，我们自身的意义也将完结。遮风挡雨的家在身后远去。在多年以后的回忆里，这次出发是我人生里的一个拐点。对于未来，我还没有睡醒，以后再考虑吧……

时间像是过去了很久，又像是只过去了一会儿。醒来时，高速公路两旁的树木正在向后飞驰而去，就像是生活本身正在从指尖流逝，连未来都已经结束了。转瞬间，又像是没有经历未来。刚才从隧道里出来时，晨光映上脸颊，那一瞬间，我特别想回到过去，甚至连那一耳光都可以忘记。过去有太多的事将我带到了一种幻觉里，那是一种规律之外的幻觉。一脚急刹，我被向前的惯性甩了出去，好在有安全带拽住了我。

咦？！腰垫怎么是反着的？我在心里自问道，但转眼便不再深究。我从兜里掏出一罐咖啡给他提神，以驱赶前方道路上即将呈现出的单调与乏味。他接过咖啡时竟然扭头看了一眼副驾驶上的腰垫。这是什么意思？行车道当中的线条飞快地伸展着，车子越来越快，甚至，已经压到线了。

“看起来你有点慌啊？”

“开玩笑！这才刚跑到一百。”

“我说的不是这个。”

车内的气氛正在印证着一种蒙太奇式的猜想，腰垫衍生出了更多的含义。然而，猜想的含义却在此时没了意义。

“前面服务区停一下。”

“嗯，好，我也顺便抽根烟。”

车子停下之后，我缓缓向路边走去。不远处停着一辆回程的大巴，有那么一瞬间我特别想上车补票，踏上归途，在此诀别。可是，这个瞬间被心头的绞痛劝阻了，尽管我特别不愿意承认，但分别真的很难，这感觉就像常年卧床的人突然跑步一样。

“爷爷，为什么那棵树离其他树那么远？”

身旁的小孩与他的爷爷在路边望着远方。远处的原野上，在雾霭深处，那棵树为什么那么孤寂？像是负气出走，又像是离群索居。

那位爷爷语重心长地说道：“大概是种子被风吹远了，吹远了就在远处落脚了，落脚了就长大了。”

不知那棵孤独的树在沉思时刻有没有向经过它的轻风诉说独自成长的哀愁与甜美，抑或是如我这般任由风雨在心里翻腾而不言不语。不得不说，在一望无际的平原上，在广阔深远的天地之间，那棵树真是美极了！我突然明白：我不应该控制心里的风向，其实我就是那颗种子。这么多年，我都弄错了。我要让“那阵风”左右我的命运。

车子开了过来，他按下了车窗，俯身看着我："上车啊！"

一个拥有崭新定位的我看着眼前的人，心跳竟然变快了。我看着他，之前离别的苦楚竟然被一种跃跃欲试的兴奋替换了。我深呼吸了一下："你不是好人，我不搭你的车。"

车里的刘跃直愣愣地看着我，面部神经没有让他做出一丝反应。我看到副驾驶上的腰垫翻过来了。

"你刚才说什么？！"

"我说你不是好人，我不搭你的车！"这次我不再紧张，反而坦荡极了，像是"那阵风"就要吹来了。

刘跃突然一笑，看了看前方，再次俯下身来："你是在演一个搭车的人吗？"

"是又如何？"

"既然你说我不是好人，那你也不是好人，咱们正好负负得正，上来吧。"

我拉开了车门，坐在了副驾驶的位置上，感受着摆放正确的腰垫，我的腰部正在发热。

"你要去哪儿啊？咱们是不是得听点Chuck Berry？"

"这是你的惯用套路吗？那就听那首《Carol》吧。"

Oh Carol, don't let him steal your heart away.

“你叫什么？”他轻佻地问道。

“卡罗尔！”

他对于我的回答有些意外，但这意外又显得有趣极了。“看来你经常搭车啊，你搭车都给钱吗？”

我在内心鄙夷地笑了笑，抽出腰间的腰垫在手里把玩起来。“你要是好意思要，那我就给点吧。”我的语气更是轻佻。

“卡罗尔，你是不是在说我不好意思要，你也好意思白搭？”

It's not too far back on the highway not too long a ride.

“姑娘搭你的车，你怎么会想到钱呢？”

“那你觉得我该想到什么？”

我清了清嗓子，并徒劳地希望接下来的问题他能如实作答。

“你应该问你自己，上次搭你车的姑娘，你也想到了这些吗？她也是个坏人吧？”

他扭头看了我一眼，我们的四目相对并不持久，那些没有明说的事没来得及闪现其中。经过刚才的角色扮演，我们都在心底里想着什么。我把腰垫扔到了后排座椅上，扭头看向窗外。那些笔直的树木间隔均匀地生长着，青灰色的树干上是青灰色的树枝。很长的一段时间里，我们都没有说话。我不知道他在想些什么。随机播放的音乐时而轻快明朗，时而凝重哀伤，看得出来，我们都没有兴趣聆听这些，之所以没有关闭音乐，大概是怕安静会让我们的沉默更加令人不适。他没有回答上次搭车的人的信息本身便是信息丰富的回答，这也好，我也不需要扮演什么愚蠢的卡罗尔了。

“卡罗尔，你去哪儿？”

“你又去哪儿？”

“我打算在前面的小镇休息一下，吃点东西。”

“我也饿了。”

被沟渠守护的田野、堆在路边的垃圾、空荡荡的货车、尘土飘落至门前的汽车修理店……我们在上午十点左右进入了这个小镇，从环城路上下来之后，拐进了一条辅路，停到了一家什么都卖的自助餐厅。

早餐时间已经过去了，午餐时间还未到来，我们可以选择的食物并不是很多。他在食物前快步走过，我也紧跟其后。这不得不让我怀疑休息与饥饿不过是他逃避车内空间的借口。就在此时，我差点撞到了他的后背，他突然驻足在汤面柜台前，上涌的锅气隐入了无形的空气之中。在点了两碗面之后，我们依旧带有些许默契地落座于一张餐桌，但我们各自都明白，这样的关系有着什么样的氛围取决于第一句对话。在抽取桌上的筷子时，之前的相处习惯竟然让我给他先拿了一双，在追悔与自责之中，我被动了。然而，错进错出的是，他拒绝了那双筷子。局面顿时明朗起来了……

“你怎么回事儿啊？这才开了多久，你就要休息了。”我依然是卡罗尔，这是不可动摇的。

“我昨晚睡得晚，不能再开了。你要是急着赶路的话，你搭别人的车吧。”

“我看出来了！那我就搭别人的车去了。”

他从烟盒里叼出一根烟，点了点头。我起身走向别处，在不远处的一张餐桌旁坐了下来，并努力地剔除了我神态里的沮丧，在我的想象中，卡罗尔即使被人冷落，也依旧高昂着她的头颅。我看到服务员把两碗面端在了那张桌子上，在这一时刻，那碗面不再是我的了。说来也是奇怪，我又不是卡罗尔了。当我看着一碗冒着热气的面放在了低头吃面的刘跃面前时，他对面的空缺给了我一种撤出的感觉。原来抽身出来的审视是如此残酷，我一度无法完成的告别在这一时刻悄然完成了。

我把我的全部身心交给了真正的离别，无法言说的失去感让我的心头阵阵发紧，呼吸催促着眼泪，我急忙转过头去，任由眼泪滴落。我站起身来，快步走出餐厅，我怕我会失控，我怕我会冲过去抱住他说“我们回家吧，我们不要沉迷于这些自以为是的幻想了”。

一辆卡车轰隆隆地开过，借着它的声音，我让我的哭泣发出了声响，我实在受不了这种无声的哭泣。我从口袋里摸出香烟，想让自己迅速镇定下来，并寄希望于自己能够足够冷静。我扭头看了一眼餐厅的门，生怕他像以前那样走出来看我发生了什么。好在他没有出来。他没有出来，他没有出来。他没有出来。我在心里不断强调着这是真正的离别，快让自己冷静下来。一阵被香烟呛到的咳嗽急促地发生着，我扔掉了香烟，它掉落到了一潭污水里，我看着烟头遇水迅速熄灭，并强迫自己像那个烟头一样，迅速褪去爱情的温度。

我抬起头来，抹掉了眼泪，吸了吸鼻子，并用纸巾清理了鼻涕，将注意力转到眼前的这个小镇。它安静得让人心生厌倦，三五分钟才有一辆车开过，像是春节后的冷清，像是如今谈论的都是过去的沸腾。可是，我又何尝不是令人厌倦呢？

Oh Carol, don't let him steal your heart away.

Well, I've got to learn to dance if it takes me all night and day.

Well, come into my machine so we can move on out.

I know a jumping little joint where we can jump and shout.

卡罗尔回到了餐厅，她找到了另一个愿意捎带自己的卡车司机，她本可以扬长而去，但她的心肠又像棉花一样，她找了一个借口，以此来求证是否还有意外的峰回。

“给我三百块钱。”

“呦，你遇到搭车要钱的好人了？”他调侃道。

“不是啊，那个司机送我，得绕路，晚上得过夜休息。他没钱住店。”

他吸了最后一口香烟，把烟头扔在了汤面碗里，随即进行了短暂的思考，从钱包里掏出了三百块钱。“那过夜的话，我给你的这三百块钱，算谁的啊？”

“算你借给他的，我只是帮你们搭个线。”

“看来你挺专业啊。”

“专业吗？”

他点了点头：“太专业了，我竟然要借钱给一个我没见过的人。”

“既然你不愿意借给那人钱，那就算了。”卡罗尔用筷子拨弄着那碗没人吃的汤面。

“我不是不愿意借给那人钱，只是你这么专业，我又何必错过呢？”

“那可不止三百了。”

“呐，这是五百块钱，到时候多退少补。”他从钱包里掏出五百块，放在桌上。

“看来你也很专业嘛！”卡罗尔看着他，并没有收起桌上的钱。

他们两人对视了许久，餐厅里的轻风将桌上的钱缓缓吹起，餐厅老板满怀好奇地盯着二人。

“钱你先拿着。”卡罗尔从容地说道。

两个赤裸的身子扭曲在一起，身下的廉价钢丝床发泄般地吱吱作响，空气中的尘土被两人呼出的气息吹散。窗门紧闭，欲望浓烈。在这场意在诀别的性爱里，两人都放开了怀抱，殊死一战，如同置身于火海，将多年来的羁绊、彼此投射的情感、相互言说的慰藉统统付之一炬，燃烧殆尽……

下卷

如果从长远考虑，我们是自己命运的创造者，那么，从短期着眼，我们就是我们所创造的观念的俘虏。我们只有及时认识到这种危险，才能指望去避免它。

——【英】哈耶克

15

“结束便是开始。”我自言自语地说着。

很明显，这是一个感同身受的观念，或者说，是很多事例都印证了的共识，我很少思考这个，平时的思考都在共识前变得乏味不已。一时间，似乎思考本身也没什么乐趣了。此时此刻，我坐在一家咖啡厅里，街对面是我们曾经居住的一间屋子。对，仅是一间屋子，它不再是家了，我搬到了新家。可是，我为什么又来到了这个地方？哦对，我约了朋友，但这并不是原因，因为与朋友的见面约在了下午，可我起床之后就过来了，新家就在附近，是一种往昔的步伐在不知不觉之中带我来到了这里。总之，无所谓了，我可以承认我没放下已然逝去的感情，也可以承认我在重温旧梦，都可以。在一阵轻盈地放松中，我们在这个咖啡厅里做过的事都像是窗外缓慢走过的行人，看书、玩游戏、影碟交易等，没必要再一一赘述了。有必要明确总结的是，我竟然在咖啡厅的老位置上重生了。罗兰·巴特要是还活着，我愿意付出一切代价给他讲述我的爱情故事。为什么讲给他听？我又不会法语，他也不会中文，抛开这些扬扬得意的无意义情绪吧，静下心来，花点时间，好好梳理一下“重生”。

坐在老地方的老位置上，抬头向外望去，是一栋淡灰色的居民楼，值得说的东西很少，但我所在的这个视角渐渐地变成了一个符号，我拿出手机，对准了这个符号，拍了一张照片。在这个符号里，不同的释义生成了一条轨道。我把照片设置成了手机的屏幕壁纸。在这条轨道上，情感本身的面貌撞到了生命本身的面貌。这是一场事故，没有见证者，有的只是时间：2015年11月10日11点42分。

“结束便是开始。”我再次自言自语道。

只是在这一刻，我的头脑里再也没有概念介入了，它像是一种掩护，有它在，我还可以临危不乱、轻松自如。然而，当概念撤退，我还是很难过的。为了不让难过攻占头脑，我尽量将注意力集中在一些具体的事上，但很多事都没办法具体了。这段感情的失去，在不可言说的意义上，就像是生活恶习酿成的苦果，长在了我的血肉里，每次回首，都像是在刺激它，或许还会在未来的某个时刻，在我不知道的某个时刻，发生恶性病变。突然间，我笑出了声，我为我的胆囊息肉找到了象征意义。我不知道这是好是坏，我也不想深究于此，我的胆囊息肉是4mm × 3mm，它还很小。医生让我务必要吃早饭，但也没什么好担心的，超过一厘米之后就可以手术切除，风险很小。我多么希望，现在就去医院做这个手术。我叫来服务员，加了一份炸鸡，它可以刺激胆囊息肉，这是我的午饭。当我将炸鸡块送入嘴里的那一刻，拙劣的象征意义像是身后一双审视我的双眼，陈腔滥调堆砌的难堪氛围让我倍感不适，我仿佛置身于剧组之中，在拍一场重拍了无数次的戏，我为我笨拙的表演感到羞耻，并在心里期待着，整个剧组会准备无数份炸鸡，我一次性全部吃下就可以直接去医院了。难堪的氛围无非在自己的质疑与构建之中，怀疑自己的质疑与构建是否具有深远意义。我把手中的炸鸡块扔在盘子上，用手机搜索：如何摆脱失恋的痛苦？多想想对方的好。这个建议不错，那就开始吧，从哪开始？

当我的目光停留在盘子中的炸鸡时，我突然想到我们似乎已经很久没有一起吃过炸鸡了，他的尿酸值偏高，为了避免痛风的痛苦，大多数时候他很自律，平时喝水很多。嗯，自律是他的优点之一。最近一次一起吃炸鸡是在他的家乡，我记得，他很开心，那种炸鸡是一种地方特产，被红油炸过的鸡肉外酥里嫩，尝起来先是辣椒味，后是孜然味，味觉层次平衡得很好。那也是我唯一一次去他的家乡，我人生中第一次坐救护车就是在那趟旅程之中，受伤的不是我，当时患者家属的身份并没有让我感到庆幸，现在想来更多的是一种惊悚，他的小腿正面磕破了，伤口很深，我第一次见到白色的骨膜。我记得在医院消毒杀菌时，他很坚强，我看到双氧水像是雪碧一样在他血肉模糊的伤口上冒着白色气泡，我疼得攥紧了手中的发票，可他却咬牙坚持住了。我问过医生，那个冒泡的消炎药水有多疼，医生没有理我。后来，我们在输液室挂了三天的消炎药水，在那三天里，我看完了一本访谈录，他把一款手机游戏玩通关了。

其实这一切都是可以避免的，因为他是在酒店磕破腿的。

回到家乡，不惊动父母，不在家住，从字面意思上来猜测，原因必然是我。当时，我的内心波动让他猜到了我的心思，他的解释让我很是认同。他认为贸然回家会让父母感到压力，也会打破父母的生活节奏，会让家人感到生活的常态被一种瞬间的变化所冲击。据他所说，他的父母在麻将馆度日，输输赢赢，日子过得很快。

他的家乡即便丧失了“他”所赋予的意义，也是一座让人魂牵梦绕的城市，那座城市有异域的感觉，市中心是一座宗教寺院，运气好的话，能够听到虔诚的吟诵，主要街道也就两三条，在回忆里像是一个“井”字，街上的各种商店播放的歌曲都是很多年前的。延迟的信息，自足的生活，地摊上的商贩买着一天都可能卖不出一份的户口本保护壳。那里的饮食大多以面食为主，个别菜肴很咸。“规律之外的规律”，这是我当时对他的家乡的总结。他很欣赏，并衍生出了他自己的见解，他将自己磕破腿的那一瞬间定义为某种他说不清深层含义的“纵身一跃”，更严谨的说法是：在两种规律之间纵身一跃的代价就是磕破了腿。虽然在哲学领域，“纵身一跃”这四个字早已有了很多深层含义，但他当时对纵身一跃的定义并不是对某种哲学理论的套用，他得意的地方在于在自己的家乡完成“纵身一跃”。在今天这个重生之日，我特别想回忆起他当时的整套说辞。我撑起身子，走出咖啡厅，点燃了一根香烟，吞吐了两口之后，顿时又觉得不需要再回忆什么了，他大概是得意“纵身一跃”里的某种象征、某种仪式将他的无序生活秩序化，这又像是我自己的解读。倘若我们的关系稍有一些体面的成分，我现在就想打电话问他：“纵身一跃”到底是什么意思？我转过身来，在咖啡厅的玻璃门上看到了自己的身影：她穿着一件深蓝色的大衣，里面是一件黑色卫衣和一条淡黄色的裤子。此刻，在这个特定情境中，这个情境向我明示了：主体悬吊在与异体的映照当中。我特别想知道纵身一跃之后会发生什么。香烟的烟雾熏到了眼睛，我揉了揉眼睛，午饭后的饱腹感像是催眠师一样把我叫回了咖啡厅，我躺在了沙发上，闭起了双眼，想在一个梦里见证胆囊息肉的长大。

16

离开那个小镇之后，我尽量避免自己回首过去，以免陷入某种自讨苦吃的境地。今天，天气阴沉。有时候，我特别想去日光充足的地方，但也只是有时候，生活里的“有时候”很少具有决定意义。这些天，我见了一些副导演，也有一些演戏的机会，但与他们的见面反而摧毁了没见面前的期待。那些缺乏上下文关联的剧本片段、虚张声势的假设、言语之间的支支吾吾……我坚持过，但最终还是觉得自己太着急了。就在昨天，或是前天，我们见过一次。我去单位签了离职协议书，并拿出了所有的礼仪应付着人们的告别及对我们的祝福，尽管离职书上写得清清楚楚，但以假乱真的工作依旧在现实中上演着。至于那些对我们的祝福，那些对我们婚礼的催促，就像是常总办公室的垃圾桶一样富有表现力。我在等待常总时，花了好长时间观察那个垃圾桶，里面有泡到失效的胖大海、香烟盒、茶包、果皮、发票等。对于我而言，所谓的婚礼，大概等同于这些等待处理的垃圾。他倒是还好，如同往常那样，只不过他对我解释他被常总否决辞职一事让我有些烦闷。我差点问他为什么不跟同事们说明我们已经分手的事实，好在及时打住了。

“打扰一下，需要收拾这些吗？”服务员上前问道。

“可以。麻烦你了。”

服务员撤下了桌子上的咖啡杯与小勺，那是一个朋友用过的，她现在是一名知名演员，但她在和我见面时却在反复强调转战幕后的计划，她已经赚足了资本。坦白说，我没想到她竟然需要和我商讨这些。在她关于未来的畅想里，我的被需要从某种意义上来说是一种绝对价值。这让我感到一种更大的自我认同，我不知道她下次来找我是什么时候，但我知道我留在这个城市的决定因为她而变得不那么感情用事。

我的新家离我们之前的家不算远，步行大概需要十分钟。

搬家的那天，往来无数次的那条道路上只有我一个人，这是我要求的。我记得随着我一遍遍地来回搬东西，那条路变得越来越熟悉，我在那条路上对感情的理解也变得越来越轻，轻到我可以从容地放下。如今，当我再次踏上这条路时，我像是获得了崭新的个性。伤口已经痊愈了，这是一种揭开纱布之后的新生。

“那是什么？”我凝视着单元门前的红点在心里自问道。向前走了几步之后，原来是有个人在抽烟。当我看清那个人时，他的眼睛就像是潜伏在舢板下的鲨鱼眼睛。起初，我紧张得站住了，身心被不安缠绕，后来，在崭新个性的帮助下，我走向了那个向我走来的人，他是被我用跑车与连衣裙欺骗了的年轻人杨沛。

“你怎么来了？”我命令自己冷静下来，尽量加快语速。

“我怎么不能来？”杨沛一脸疑惑。

杨沛看起来很平静，我预想的攻击性还未流露。“你怎么知道我会在这里出现的？”

“咱们聊聊呗？”

他没有回答我的问题。我故作镇定地缓步向前，猛然间，我扭头向后看了一眼，他跟了上来。经过路灯时，我看到了他的表情。看来，今夜我这条小舢板注定是逃不掉了。“你想聊什么？”我转过头来。听到身后的他小跑上来，我的心脏差点跳了出来。

杨沛吸了一下鼻子，把香烟扔到一旁的水池里：“你那车呢？”

我突然停下脚步，平息着心跳，努力回想着与杨沛有关的事。“之前的事，是我不对，我向你道歉。”

“我问你，你那车呢？！”

“你到底想干吗？”我想到了原野上的那棵孤树。

“咱们找个清净的地方好好聊聊咱俩的事儿。”

“就在这儿说吧。”很好，我感到身体正在放松下来。

“我不会吃了你的，别害怕。”

我假装抱臂思索，随意走了两小步，看到月亮正在看着我。“好，走吧。”

“你真不害怕？”杨沛幸灾乐祸地看了我一眼。

我看了他一眼，随即无奈地摇了摇头，像是面对小孩的玩闹无计可施一样。我分不清这里有多少表演的成分，但在他看来，我没有被他吓得尿裤子已经算是很勇敢了。“你不是说你不会吃了我嘛，我还害怕什么？”

他根本没有心情听我说话，并再次走到了我的身后。这样的局势让我调动出的坦荡变成了即将受刑的犯人在死亡面前的一种坦荡一样，我停下了脚步：“听着，有什么就说，我没空跟你去什么清净的地方。”

“你不要误会，我只是想告诉你那天之后发生的事。”

“发生了什么事？”即使他的表情符合他的语气，但我还是相信他在一步步诱导我。

他想了想之后，淡淡说道：“关于你男朋友的事。”

我不知道我走了多久，当我回过神时，我们已经走到了路口边上的一处废墟。这里已是人去楼空，残破的房屋正在等待拆迁，除了汽车经过的声音，剩下的都是安静。关于刘跃，他能说出什么呢？那天倒是有些奇怪的事，我完成了工作之后没有见到那个女孩，他发来了健身房的照片。

“说吧，什么事儿？”

“你怎么不拽了？”杨沛恼怒地向我走近。

完了！被骗了。我向后退了两步，避开了他的靠近，一块砖头硌到了我的脚心，我低头一看，正好躲过了他挥舞上来的手掌。“你做什么？！”在那个惊恐的瞬间，我急忙弯腰捡起地上的砖头自卫，然而，后腰上挨的一脚让我摔倒在砖头堆里。火辣辣的擦伤，腰部的疼痛散射到全身，尘土钻入呼吸道，我开始呛咳，无力地睁开双眼……

“我告诉过你，别让我再看见你！！”他蹲了下来，用手指挑了挑我的胸部，“扎胸还行啊你，你给我起来！”他伸手拽我。我翻过身子，左手摸索到了半块砖头，就在他俯身之时，我使出了全身的劲让自己挥舞起砖头。我砸破了他的脑袋。

“啊……”他狠狠地踢了我几脚，随即又捂住了自己的脑袋。

“砖头上有土，你再不处理就发炎了。”我缓缓地说道，并用双腿拨开了硌在身下的砖头，悠然地躺直了。

“臭娘们，你给我等着。啊，我的头！”

他捂着脑袋跑远了……眉骨上的血流到了我的眼睛里，我侧过身子，让血流了出去。我的脾脏像是被他踢破了一样，钻心的疼让我无法起身。原来没有灯的地方是这么黑……脑子里有种眩晕般的酸胀，疼痛使我闭上了双眼，我躺在地上，剧烈的疼痛蔓延开来，意识模糊。

时间在手机的震动里开始流动起来，到处都弥漫着燥热与疼痛。我的手机响了，它在我的外衣兜里，我掏了出来，是小芋发来的微信。尘土落在了手机屏幕上，我点开了图片，是楼宇间的彩虹，大雨冲刷后的天空。我点开了小芋的语音："蕊姐，我到海边了，刚到就下雨了，还看到了彩虹。"我像是刚吞咽了一吨沙土，嗓子干裂得说不出话来。我按下一个个拼音，回复道：注意安全，好好玩。手机被我扔到了一边，我的肚子在叫，眉骨上像是着火了一样。我用口水湿润着嗓子，但每次吞咽都是一阵撕裂般的疼痛，我的炎症又犯了。我摸到了自己的包，它掉在了黏稠的污水里。我缓缓地撑起身子，用手擦拭着包，随后在包里翻找着纸巾，我要擦去眉骨上的血渍。

"姑娘，你没事吧？！"

我扭头寻找着声音源自何处。不远处站着一个男人，他在注视着我。

“需要帮忙吗？”那个男人问道。

我想高声回答，但疼痛制止了我：“需要。”绵软又无力。

那个男人走了过来，他俯下身子查看着我的伤势。他看上去是个体面的人，四五十岁的样子。

“需要叫救护车吗？”

我摇了摇头。关于身体上的疼痛，很多次都是我小题大做，这次，我想也是吧。他搀起我的胳膊，扶我起来。“麻烦你了。怎么称呼？”

“我姓陈，叫我陈先生吧。我的车就在前面，我送你回去吧。”

“不用，我不能回去。”

陈先生诧异地看了我一眼，随即又搀扶我向前。

“我被人打了，要是回去的话，有可能还会被伏击。”

陈先生扭头看着我，像是质疑我一样，随即又若无其事地点了点头。他的车子就在前面。“去你家吧，我休息一下就走。”我没看陈先生的神情，在心里已经做好了他会拒绝的准备。

“好吧。”

在陈先生勉为其难地答应后，他扶我坐进了车里。我靠在车窗上，等候身子恢复气力。车内的温暖让我渐渐地回到了这个世界。

17

成股流下的食盐倒在了碗里的水中，陈先生递给我一根筷子。我搅拌着盐水，抽出了纸巾。

“这也太疼了！我还是出去给你买点碘伏吧。”陈先生紧皱眉头，眼含怜悯地看着我。

“不用，就这样吧！”我嘟囔地说道，其实内心早已被即将到来的疼痛吓到了。水中的食盐已经充分溶解，我拿纸巾蘸着盐水。在深呼吸后，眉骨处的伤口开始接受盐水的清创、消毒。眉头上弥散开来的疼痛让我攥紧了拳头，就在我快要喊出来的时候，我深深地呼出了一口长气，背部肌肉在紧绷着。我的手开始抖了起来，身心被疼痛占据着。过了一会儿，疼痛变得熟悉起来，我的惧怕也慢慢地松弛下来。我把沾有血渍的纸巾扔在了旁边的垃圾桶里，吞咽了一下发紧的喉咙，试着让自己不再那么紧张。

“还好吗？”陈先生问道。

我扬起垂着的脑袋，点了点头。猛然间，腹部深处开始出现一种不断向内扩张的绞痛，我只能一动不动，任由它发作，期待它能迅速消失。

“还是去医院吧，不然……”

“我不会死在这里的。”我抬头看了一眼陈先生，发现他那突然的无奈像是被冒犯之后的无所谓一样。“不好意思，我没有冒犯你的意思，我只是想让它赶紧过去。我没事，只是挨了一脚。”

陈先生站起身来，转身向厨房走去：“你还需要点什么？”

腹部的疼痛躲了起来，趁它不在的时候，我得抓紧时间，梳理出残存的生机。咽喉没有明显的疼痛，证明它可以稍等片刻。眉骨已经消炎了，接下来只需要等它结痂就好。腹部的绞痛，它的转瞬即逝足以说明内脏没有破裂。难道是饿了？对，我已经好久没吃东西了。我端起桌上的水，喝了下去，然后屏住呼吸，聆听着肠胃的反应。没错，就是这样，饥饿的感觉。陈先生端来了一盘火龙果与一盒纸盒装的牛奶，我没有半点客气，便把牛奶倒进了刚才喝过水的杯子里。好多了，我的感知越来越强烈了，愉悦的感觉终于回来了。我甚至能想起那个足以让人陷入沉思的问题：第一个知道牛奶能喝的人到底对牛做了什么？

“你要不要吃点东西？”陈先生再次问道。

在他的细心照料面前，我开始为我的不堪与狼狈感到羞耻。“好啊。”为了避免暴露自己的内心想法，我尽可能精简我的语句，“如果麻烦的话，我就叫外卖吧。”我得表现出我能够自理，尤其在这样的处境下。

“还是我来吧！你也不知道周围有什么可以吃的。”陈先生掏出手机，走向厨房。

我又喝了杯牛奶，向嘴里塞了一些火龙果。由于咀嚼的声音太大，我没有听到陈先生叫了什么外卖。不过，我已经好多了。陈先生叫什么外卖对我而言已经不是我应该考虑的了，我应该掌握好分寸。我低头看了一眼自己，发现脚下已是污渍斑斑。为了不让房子的主人厌烦，我最好待着别动，如果这在陈先生眼中是一种失态的话，我便找个合适的时机做出解释。

“点好了，大概四十分钟后就可以吃饭了。”陈先生坐在了斜对面的单人沙发上，将一个威士忌酒杯放在了桌上，旁边是一个保温杯。

“你是打算喝点吗？”我好奇地问道。

“没有，我这是泡的茶。”

“那为什么要用酒杯喝？”

陈先生淡然一笑，向后靠了靠：“我已经喝不了酒了，但我可以用酒杯来感受一下喝酒的感觉，这也算是我们中年人的一种自我安慰。”

“你身体不好？”

陈先生摇了摇头：“谈不上不好，但喝酒总归是伤身，防患于未然嘛。”

“你是做什么工作的？”

“法务顾问。”陈先生回答得很快，他在不断夯实我脑海里的真诚印象。

“你呢？”陈先生将暗红色的液体倒进了酒杯，如果没有那些冒出的热气，看上去像极了一杯白兰地。

“算是一个待业青年吧。”我必须要积极地回应陈先生的真诚。

“怎么称呼？”陈先生问道。

“我姓宫，叫宫蕊。”

“名字不错！学什么的？”

“表演。”

陈先生微微吃惊了一下，随即端起了那杯红茶，但又放在了桌上。“如果你愿意的话，我还挺想知道你为什么会被打的。”

我长叹一声，不知该从何说起。过了许久，我开口道：“这得从我之前的工作说起，这需要很长的时间。”

“那就拣重要的说。”陈先生一脸期待地看着我。

“毕业以后，我和前男友在一起工作，我们录制了一个真人秀节目，这个节目就是在公共场合演一些情节来看看周围人的反应。有一次，我们在餐厅里演了一对夫妻，他动手打了我，我就跟他分手了。后来，我遇到了一个在工作中遇到的人，我当时骗了他，今天，他就打了我。”

“你是不是把他的头打破了？”陈先生问道。

"你怎么知道？"

陈先生推了一下眼镜，把手中的酒杯放在了桌上："我在遇见你之前遇到了他。当时是在一个路口，我在等红灯。有个年轻人火急火燎地走过斑马线，跟一个人撞上了，他一踉跄，碰到了我的车。我还下车看望了他，但他没理我，转身就跑了。"

"那你又是怎么找到我的？"

"我当时觉得很奇怪，过了路口就把车停在路边，在周围找了没多久，就找到你了。"

以别人的视角复盘我的遭遇勾起了我对自己的审视，一种新的危机向我走来，起初，它是模糊的，但没过多久，我开始不自觉地定睛凝视，寻找那些遗漏的细节。然而，在事后反思当时这件事在向前流动的时间上又是徒劳无益的。我要用我的沉默向陈先生明确地表示：到此为止。

"那你接下来有什么打算？"陈先生起身，关闭了我头顶的射灯，踩亮了我旁边的落地灯。

“先待一段时间吧。”我很想感谢他的细心，但又怕歧义的发生。

“也好，你还年轻，有的是时间。”陈先生说道。

如此平常的一句话在意味深长的语气里却显得极不平常。“你对年轻怎么看？”

“挺好的！问我的话，只能说有些遗憾。”

“比如？”

“年轻时太听话了，追求了太多自己不喜欢的东西，但从逻辑上来说，年轻的时候还不明确‘喜欢’的定义，所以这句话也就不太成立。”

“逻辑对你而言，很重要吗？”

“对我的工作很重要。生活上，到了我这岁数，也就无所谓了。”

陈先生喝了口茶，打开了烧水壶，自动灌水装置运作了起来，向下的透亮水柱反射着光线。

“那么活到你这个岁数，有什么要说的吗？”

陈先生吸了口气，淡然地说道：“顺其自然吧。”

“这算是一种认命吗？”

“不是，算是一种自律吧。我是做法律工作的，很多时候，都会面对人的情感，但很多时候我都不相信情感。这不是冷漠，而是情感太不稳定了，与其沉迷于那些头脑发热，不如相信一种理性。”

陈先生叹了口气，像是在犹豫还要不要说下去。

“我们穷的时间太久了，很多事往往都是不对的，但它就是发生了。这不是世风日下，这是一种必然的过程。”陈先生说道。

“这就是所谓的法不容情吗？”饥饿让我的头脑疲于应对。

“也不是，这个说法太宽泛了，具体问题还应该具体分析。”陈先生言辞明确地发表着自己的看法。

不断加热的饮用水产生的热量在茶盘上的烧水壶里持续上涌，轰隆隆的声响像是休息的哨声，提示着我可以想想接下来要聊些什么。在这个陌生的房间里，面对着一位具有深厚认知的长者，这让我在饥饿的折磨里产生了一种寻师问道的幻觉。坐在对面的陈先生从某种表现力上来说像是某种正与反的象征，他坐在单人沙发上，身子的左边隐入了灯光照不到的地方，但他只要微微一动，他的眼睛便会出现在灯光里。我为什么来到了这里？杨沛已经被我打破了脑袋，他是不会再次伏击我的。可是，陈先生是个真诚的人，为什么不能多留一会儿呢？能不能卸下那庸人自扰的自我防御，敞开心扉？

“我打电话催一下外卖。”陈先生掏出手机，猛然起身。

“不用，不用，我还行。大晚上的，再等等吧。”是不是陈先生看出了我的游移？抑或是让我赶紧吃点东西，滚出他的屋子？“好吧，我想澄清一些事实，首先，我坐在这里一动不动，是不想弄脏您家里的其他地方。其次……”不知为何，突然的欲言又止着实让我尴尬不已。

陈先生淡淡地笑了笑。

“其次就是我不应该问你那么多问题，而对你问我的问题，我却有意识地回避了。”

“你们这些年轻人，想的就是多。我没有任何顾虑，你想聊什么就聊什么吧。”

在客厅里弥散的那些类似于张力的感觉开始松弛下来，

微妙的是松弛之后竟然是蔓延、铺展开来的海岸。为了完整这个常见且拙劣的感受，这个屋子就必须是一艘游轮。对于我这个被搭救后上了船的人而言，如果不聊聊那些在风暴之中的漂流的话，那我如何在海岸上与施救者告别呢?

我决定要复述一下我的故事。

18

“怎么了？你是要休息了吗？”我身子微微向前，看着置身于暗处的陈先生，有些着急地问道。

“没有……你们的工作挺有意思的。”陈先生挺直腰板，坐了起来，神情像是游离归来一样。

“挺有意思”。我并不满足于他用超出我预想的时间如此界定我之前的工作，这让我重新回想起我刚才是如何描述我的工作的。陈先生在沉默时的叹息声从根本上佐证了他为什么会沉默那么久——他很不满。如果他的人生信条是顺其自然的话，那他对我的工作一定是不那么顺其自然的。唉，坦白自己的过往真是令人难堪，一种多年以后重读幼时日记的羞愧感令我有些面红耳赤。到此为止吧！我的伤口已经处理好了，我的肠胃也得到食物了。该想想告别词了……

陈先生站起身来，走了两小步，他突然间的欲言又止将局面推向了一种迷惑。他又坐在了沙发上，发出了几声叹息。

“怎么了？”

“你们的工作从表象上来说是一种有意思的徒劳无益……但是，假如我看了你们的节目，知道你们是这么做节目的话，那这对我来说又是一种不大不小的冲击。”

“那就先说表象吧。”

陈先生看了我一眼。我大概能够察觉到，那是他让我准备好的意思。

“你们勘察的对象并不具有代表性，但你们的节目播出之后却赋予了代表性，这其中的误差很大，所以我不是特别认同你们的工作。”

“没事儿，你接着说。”

“我说的冲击就是这个误差。在我的工作里，这样的误差很多。我记得有一次我接手一个经济案件。那个替罪羊一开始就自首了，但没人相信。后来过了很多年，这件案子被重新调查，最后查到了元凶，你知道那个元凶是谁吗？”

我摇了摇头。

“还是那个替罪羊。”陷入回忆的陈先生摇了摇头，表现出了追悔与不甘或者是一些我无从想象的情绪。

“不好意思，我可能扯远了，这只是我的见解，别放在心上。”陈先生补充道。

“没事，我也觉得我之前的工作挺幼稚的。”我感慨道。

“是吗，怎么幼稚了？”

由于陈先生的追问，我的随口一说便不再随意，原本想走的我不得不继续坐在沙发上，对“幼稚”做出阐述：“就像你说的，不具备代表性，我也是被感情冲昏了头脑。”

“不能这样说，人都是吃一堑长一智的。事后的反思不能否定当初，就算是一种留给将来的经验吧。”陈先生说完之后喝了口茶。

又是无言的沉默。

窗外，有辆卡车跑了过去，从它发出的声音可以判断：车速很快，空荡荡的车厢经过减速带时，颠簸的声音格外清晰。

也许，它刚运送了这个城市的排泄物，也许，它正在赶去接收这个城市的废料，正如人的肾脏一样。在这个应该沉睡的夜晚，为什么还要这样沉默以对，陷入沉思呢？陈先生的时间似乎因为听了我的经历之后变得格外缓慢。他坐在沙发上，有时，会看看自己的手背，似乎我的生活与工作对他而言是急于代谢掉的。他的沉思像是不放心的病人家属观察着医生对亲人的检查一样。在这种进退两难的境况里，过去的生活与工作像是我的污点，可那也是我啊。

“你要是累了的话，我就告辞了，有空的时候，我们常联系。”我打算从沙发上撑起身子。

“别着急！我不累。我只是在犹豫要不要说出我的猜想。”

“你有什么想说的就说吧。”尽管我有些着急，但我还是表现得心平气和。

“好吧！在你的故事里，有一个很值得深思的地方，就是杨沛怎么知道你的新家的，你想过这个问题吗？”

对啊！他是怎么知道的？！

原本想要起身的我瘫软地靠在了沙发上，回忆的细节碎片蜂拥而至，我想不到任何有用的线索。陈先生的提问在我的头脑里生成了一个强效病毒，我的额头在下沉，但更可怕的是这个病毒流进了血液，入侵了我精心构建的整个生命系统。“能开一下窗吗？有点闷。”我明白陈先生想到了什么，会是他吗？不行！这是致命的，一旦就这个可能性展开假设的话……

陈先生推开了窗户，夜里的凉风钻了进来，它依附在我露出的脚踝上。我俯身揉搓着脚踝，尽量不把自己内心的波澜暴露给陈先生。

“对你来说，这确实有些残忍，但事实胜于雄辩。”陈先生娓娓道来。

“不要说了，我知道。”

陈先生再次坐下，他看着我，我避开了他的目光。

我站起身来，却忘了自己要做什么。“你有烟吗？”我询问道。

陈先生起身，从电视柜下面的抽屉里拿出了一条淡黄色的黄鹤楼牌香烟，他拆开包装，掏出一盒递给了我。我急忙拆开烟盒，抽出一根金色烟嘴的香烟。我摸了摸口袋，没有摸到打火机。

“你可以拿纸巾在煤气灶上点燃。”陈先生献计献策。

我抽出纸巾，走向厨房，打开了煤气灶，却毫无征兆地泪流不止。我用纸巾擦了眼泪，尽量不让自己哭出声响。在努力地压制下，泪水在纸巾上缓慢地弥漫开来。煤气灶在燃烧着，眼泪在流淌着。那张被泪水浸润的纸巾走向了火焰，在炙烤下，它极速地萎缩、发黑，冒出了刺鼻的烟雾……那个火焰正中的自我该何去何从？继续被蒙蔽还是接受真相的残忍苦痛？哦，对了，还有一个陈先生，那个此刻在收拾残羹剩饭的中年男人，他观瞻到的景象剥夺了我的选择权，我骑在了老虎的身上……我完全可以抽着烟，走出去，和他达成同谋，一起用极其恶毒的语言贬损刘跃。可是……我做不到。

拎着一大袋垃圾的陈先生走了进来，他踩开了垃圾桶，把垃圾丢了进去。

“外卖多少钱？”我急忙寻找着话题来闪避已经出现的狼狈。

不知所措的陈先生在短暂的沉默后，说道："不用，没多少钱，你看开点，要喝点酒吗？"

"我怕刺激伤口。"

"当你用盐水擦拭伤口时，你已经刺激了它。你现在需要一杯酒。不然，你的神经受不了。"

他说的对！我想起来了，有一次，我在网上看病，我用了极其细致的词汇描述了我的感觉。呵……现在想来，我不该遗忘这件事，这简直是我生命里的一个缩影。当初，我为了咽喉的健康而戒酒成功，那些原本用来代谢酒精的时间我用来观察自我，怎料，却被感觉领向寂静深处。那段时间，白天，我都用来睡觉，晚上，我的精力无比旺盛。在那些寂静深处，我会想到很多。有些是我在成长过程中躲过的危机，诸如在车来车往的街道上打羽毛球、被陌生人的狗咬伤后安然回家，想起这些总让我的感知在深夜极度敏锐。就在那时候，身体的某个地方一旦出现某种不大不小的感觉，我都会有些紧张。久而久之，我迷失在生理性疼痛与病理性疼痛交织的浓雾里，这让我的神经过于紧绷。网上的那个医生建议我适当饮酒，放松身心。自那以后，我就不再戒酒了。健康对我而言，是一种对未来的垂涎，是一种器官与精神的矛盾。

“好吧，来一杯吧。”我轻声哀叹道。

我擦干了泪水，平复了心情，拧开水龙头浇灭了烟头。在走向客厅的时候，我叮嘱自己不要把话题引向“背叛”这个主题。

“你觉得刘跃是个怎么样的人？”我闻了一下酒杯中的酒，故作轻松。

“从你的描述里来看，他是一个很在乎自尊的人。”陈先生也很轻松。

“那我呢？”

“一个高度敏感的人。这里没有褒贬之分！在不同的情况下，敏感的指向也不一样。”

“所以你是一个相对主义者？”

陈先生点了点头：“算是吧！你们学表演的都像你这么敏锐吗？”

“理论上应该这样，但实际上并不是……我们毕业之后更多的是以一种赌的心态在生活。”

“你也是在赌。”陈先生迅速总结道。

我不得不露出一丝苦笑，喝下手中的苦酒。“那一个赌徒在离开赌桌之后，她会做什么呢？”

“就像现在一样，总结归纳，但我觉得你没有输。你有很好的消化能力。”

不知从何时起，从感知层面上而言，与陈先生的交流正在取代着我的故事。如果我的故事是一种爆发式的展开，那么，与陈先生的交流则像极了他给我提供的香烟与酒水。烟酒里的有效成分开始在我的头脑里发作起来，如同一个飞行员用飞机的航线给地面的人传达信息一样。

一开始，我是在讲我的故事，陈先生也适时地发表一些富有深意的观点。但当我的故事差不多讲完之后，情况就悄然发生了变化，这像是一场无关爱情的博弈。陈先生掌握了优势，他说我是赌徒，但胜势却还没有显现。

在这里，我需要避免一种无意识导致的倾向问题。坦白说，确实有那么一个瞬间，由于我的身心都遭遇了重击，我渴望得到一些抚慰，企图抓住一棵救命稻草，但我也明白：一旦得救，救命稻草就没有了意义。人总是在救星死后才得救的。在这个意义上，我必须重新思考在与陈先生的交流里，我该采取什么样的策略。我不能被动得像在显微镜里一样，被陈先生定睛研究。这不是自尊问题，而是一种乐趣。

意外的是，当我急于寻找一个适合向陈先生发问的新话题时，我猛然意识到刘跃说的是对的。我一直以为是他没有耐心与我交流，其实不是，是我自以为是的适可而止拉开了我们的距离，严格地说，我确实冒犯了他。想到这一点时，豁然开朗的感觉全面地取悦了我。毕竟在一段恋情结束时，承认了自己的过错也就能更从容地接受失败了。

手机电量濒临枯竭的提示音打断了我的思绪。陈先生起身，给他的手机充上了电。以陈先生审时度势的能力来看，他没有说话应该是猜到了我在沉思。那么他没有打断是不是一种无声的逐客令呢？我失去刘跃是因为我太自以为是了，但这个想法难道不是自以为是吗？陈先生又回来了，看来他并不想结束今晚的奇遇。好，那我们就继续吧。

“你几点睡觉？”

“今天还好，最近没什么工作，你累了的话，就可以结束了。”陈先生又给自己倒了杯茶。

“我也不累，我觉得我们还可以继续聊。刚才我认识到，他说的是对的，我太自大了。”

“我不了解他，但在你的讲述里，你们的关系确实不对等。对于一个男人来说，伴侣如果是你这样的，也很费劲。”

“具体呢？”

“没办法具体，我说的是一种经验上的推算。我记得有很多电影都在探讨这个问题，婚姻里女方渴望实现自我而导致婚姻破裂。在我们这一行也有，那些富豪的妻子吃穿不愁之后，也都这样。”陈先生喝了一口茶色已经很淡了的茶水。

“认识你很开心，我希望我们能成为朋友。”我用真诚对抗着我的自大。

“我也是，你或多或少地改变了我对年轻人的看法。”陈先生说道。

“我已经不再年轻了。”

“嗯……也对，但从年龄上看，你还年轻。”

“你妻子呢？”我急忙找到了一个没什么用的话题。

“离婚了。她也渴望自我实现。”

“所以你是富豪？”

陈先生笑着摇了摇头：“谈不上吧。”

“那离婚是什么感觉？”

“抛开情分，离婚的感觉让我后悔为什么不早点离婚。”陈先生的语速很慢，像是思考后的回答。

“什么意思？”

“就是……”陈先生想了想，“就是想得太多了，离婚没那么可怕。”

“为什么离婚？”

“很难说清，总之就是很复杂。我不是不愿意说，真是不知从何说起，等我哪天总结好了，再告诉你。”

“那你现在愿意说什么？”

陈先生挠了一下自己的脸颊，悠悠地说：“还真有一件事值得说一下……”

19

城市的点点灯光点缀的窗户上反射出陈先生的身影，他站起身来，迈着适当的步伐，寻找着适当的切入点。

“那是很多年以前……大概是20世纪90年代末，我的女儿当时在上初中，邻居也有一个上初中的女儿。有一天，我的女儿放学回家，在楼下遇到了一个男孩，他们聊了聊，那个男孩给我女儿送了朵手工编织的塑料小花。我在窗口看到我女儿很开心，也很羞涩。这件事……我一直都记得。”

“你女儿恋爱够早的啊！”我随口感慨道。

陈先生摇了摇头，缓缓地走向沙发，缓缓地坐下：“不是早恋的问题，这件事得倒回去说。那时候，我有大量的案头工作，每天下午都在写东西。女儿放学回家的时候，一般都是我的休息时间。很多次，我都是看着女儿上楼的。那个给我女儿送塑料花的男孩喜欢的其实是邻居的女儿。他们总是比我女儿先到楼下，也许是他们的学校离得比较近。他们一开始会害羞地说会话，待一段时间。我记得，在给我女儿送花之前的几天，邻居的女儿看到那个男孩就扭头跑回了家。他们之间应该是出了一些问题。那个男孩等了几天，就是在那几天里，我的女儿以为那个男孩是在等她。后来，那个男孩就把塑料花送给了我的女儿，但自那以后，那个男孩就再也没有来过我们这个院子了。”

“你女儿知道这件事吗？”

“不知道吧，我没跟她说过，但也不排除她从其他渠道得知这件事。”

这是一个关于自尊与误会的故事吗？陈先生对回忆的复述，介绍了他的女儿。在这个故事里，陈先生的女儿如同误入花丛的蝴蝶，那些为了芳香付出的奔波在这个误会里像是得到回报。

“这么多年，你为什么对这个事念念不忘？”

“那个塑料花带给了我女儿一种懵懂的心动。起初，她很开心，但在那个男孩消失了之后，开心就变成了漫无尽头的猜想与等待。有好几次，我都想告诉她实情，但我还是不忍心。那太残忍了！”

陈先生的解读与我完全不同，我隐约听出了一些针对我的暗示，为了不让自己的判断弄巧成拙，我只能暂且以听众的身份按兵不动。“嗯……没有生命力的塑料花。”我带着些许强硬的姿态随口应和道。

“其实这件事，在人生的不同阶段，我有过很多不同的理解。”

“比如？”

“比如因为这件事，我女儿在上高中时，对男孩有种避而远之的偏见，因为接近了喜欢的男孩就是无尽的等待与猜想。这算是我在这件事里的最大收益吧。”

“最大收益？什么意思？”

“可能因为你是女人，你不太理解男孩在高中时的状态。”

“具体是什么呢？”

“嗯……我不知道这么说对不对，总而言之，就是……

少了很多对女儿的担心。你将来有了孩子就能明白我在说什么了。”

“那现在呢？你对这个事怎么看？”

“或许对于我们每个人来说，我女儿的遭遇是每一个人都会遭遇到的。”

“那如果用一个词来定义你女儿的遭遇，你会用什么词呢？”

“假象。”

“所以我们每个人都活在假象之中？”

陈先生点了点头。

“我想我也是吧。”

陈先生再次点了点头：“我也是，我不是说假象就是不好。你别想太多，我没冒犯你的意思。”

“嗯，我明白。”

在这一刻，我多么希望陈先生的客厅里能有一个挂钟，好提醒我时间已经走到了哪里。从常理上来说，陈先生的精力应该随着时间的流逝而有所消耗。但他却没有表现出筋疲力尽的样子。那我为什么还要待在这里呢？是他那些暗含深意的判断:“证据链”“赌徒”“假象”等。

那么,我要不要回家呢?

时间和我的猜想差不了多少。回家睡觉还是将陈先生的观点摊开聊透?面对眼前的这个男人,我应当将思路集中以保持距离。他已经通过我的回溯总结出那么多了。可是,保持距离又在一定程度上将此刻的交流推向了一种拒绝意义的境地。“在世时光,匆匆而过,只够虚度自己,不够虚度任何事情。”一位诗人如此说道,这适用于所有拒绝外部的、偶然的,以及其他的事物之人。可我并不是这样的人。就在遇到陈先生之前,我决定改变自己了。事实上,这更多的是外在原因导致的,失恋、被打。既然陈先生还有兴致,那就继续聊聊那些我遇到过的障碍吧,应当在生命的某个时期认识到:障碍本身远比越过障碍更有意义。

“还有一件事我之前漏掉了。我们去自驾游的时候,我发现副驾驶上的腰垫变了。这就是说除了我之外,还有一个人出现过。”

“这是没有依据的,都是你头脑里的。这件事切入点就是杨沛怎么知道你的新住址的,之前杨沛是和他女友一起出现的，因为你，他或许失去了一段恋情。在那以后他就知道了你的新住址。问题是只有刘跃知道你的住址。从男人的角度出发，刘跃和杨沛是不会碰面的。”陈先生眨巴着眼睛想了想，“我明白了，你说的腰垫有可能是杨沛的前女友动过。在杨沛与刘跃之间传话的人有可能是她。”

陈先生像是被自己的话吓到了，他急忙喝了口水，坐了下来。或者，他没有被吓到，是我被吓到了，误以为他与我拥有同样的感受。我原以为，我会有很大的情绪反应，但当水池里的水都被抽干，下面的沉尸浮现在眼前的时候，我也能保持平静。

威士忌再次流过喉咙。咽喉里的黏膜正在受损，吞咽疼痛，嗓子干涩、紧绷，燥热在肺腑之间升腾，大脑也无能为力，沉闷、昏沉。我撑起身子，打开了窗户。夜风很冷，迎面吹来，它穿过了我，带着我不想要的东西穿过了客厅，从厨房的窗口逃离。

“我不这么看！这也是你头脑里的。”我背对着陈先生，否定了他的猜想。

"嗯……但愿吧。"我透过窗户的反光看到陈先生耷拉着脑袋。

"时间不早了……"

手机铃声的响起打断了我的告别。陈先生走向茶几，接起了电话。我隐约听到是个女孩打来的。

"我告诉你很多次了，我被人恶搞了。"陈先生缺乏善意地解释道。电话的那头似乎在说："……过来坐坐……会所……"

"你们是怎么知道我的名字的？"陈先生厉声问道。

我没听到电话那头说了什么，陈先生大概是用手机侧键调小了音量。

"唉……"陈先生丧气地坐在沙发上，揉着额头。

"怎么了？"我依旧背对着陈先生。

"不知道谁把我的电话和姓名留在了会所。"

"是吗？你叫什么？我都忘了问你的名字了。"

"陈荣涛。"

"嗯，很高兴认识你。"

陈先生起身，去了洗漱间，水流动的声音响了起来。我扭头看了一眼洗漱间，心想：一个离婚独居的男人去会所和小姑娘们聊聊天，也没什么值得隐瞒的。对于突然出现的这个插曲，我也没什么兴趣。

这天晚上，没有月亮，风从南边过来，去了北边。窗外的楼都挨得很近，它们之间的空当是不远处的一个十字路口，红绿灯站在那里，斑马线也有些褪色。我累了，但不是特别想睡觉。我张开了嘴，勾出了那个蠢蠢欲动的哈欠，之后，我就再也没有合上嘴巴。我吃下了很多夜风，希望它们能在我的身体里巡游一番，然后，集结所有的力量，以更加迅猛的势头反扑回来。那时候，我会呕吐，会咳嗽，会大病一场。在这个特殊的时刻，我掏出了手机，调到录像功能。我要记录下自毁意志首次出现在我生命里的时刻，它是那么纯粹，不是被悲观、虚无的学术观点蛊惑催生出的，也不是被他人触动的感情用事。

“其实我一直都有一个疑问，你是如何让杨沛相信你真的是他前女友？”

陈先生突然发问吓得我险些把手机掉下去，在虚惊一场里，我急忙收好了手机。“无非那些你们男人抵抗不了的话语。”

“具体是什么？”陈先生擦拭着手掌，翘首以待。

“其实也没什么。这些细节都不值一提。”

“太值得一提了，你是如何让一个成年人丧失理智的？”

“那些被骗的例子不也是这样嘛，没什么好说的。”我坐在了沙发上，将杯中的威士忌一饮而尽。

“不是，那些被骗的例子很少有面对面的。从杨沛给我的印象来说，他不像是那种很愚昧的人。”

“没什么好说的，真的。”有团火在肠胃里燃烧着，还有一阵风，将它吹得越来越旺。

“这是我的最后一个问题，麻烦你了，我真的特别好奇。”陈先生不依不饶地追问道。

“那天我穿得很暴露，仅此而已，都是为了节目效果。”我道出了实情。

“真的吗？难以理解……”陈先生败兴、无奈。

“很好理解啊……”我随口迎合道。

身体里的火苗蹿升而上，炙烤着我的咽喉，那里如同沙漠般干燥。

“你真的就再没说什么吗？”陈先生再次问道。

“不好意思，是我失态了。”

我听到了陈先生的轻声道歉，但我已经没有气力看他在干什么了。

在一种很像低烧的症状中，一层薄汗开始在前额显现，肋间神经像是受惊了一样频繁跳动，发出一种呼救式的疼痛。身体里的角落在慢慢发热，它们就像武侠电影里的刺客那样猎杀了守卫，向同伴发出了暗号。在成功入侵后，热量开始发散，生活中的那些规律和意识里的似是而非都被刺客铲除了。

“是不是那杯酒有问题？”我在心里怀疑着。

这个疑点的产生就像是锁定了犯罪嫌疑人，接下来我要完善的是他的动机。看起来，陈先生是个正派人，但那个电话……陈先生说是恶搞？他的来电……难道这是一条利益链吗？我即将成为地下黑市的一个产品？心跳什么时候加速的？为什么我的脑袋像个快要炸了的高压锅一样，什么东西堵在了那个用来排气的阀门上？难道那杯酒里的病毒通过脊柱进入了大脑？

"你没事儿吧？"陈先生俯身问道。

我看着他那和善的面容，始终不能相信他是个坏人，我的嘴唇快要裂开了。

"需要点什么吗？"陈先生再次问道。

"水！我好热。"

陈先生打开了冰箱，从里面拿出了一瓶矿泉水，他把水递给了我。

我抬头看着他，想知道到底能不能喝他手里的水。

"你没事吧？你的眼神……"陈先生惊恐地看着我。

"怎么了？"我急忙问道。

"就是……就是很涣散。"

"什么叫涣散？"

"你出了很多汗，没事吧？要不要去医院？"陈先生伸手搀扶我。

我甩开了他的手，并挪向沙发的另一边："没事，我不去医院，我休息一会儿就好了。"

"这样吧，今晚你就睡在这儿吧。"

"不，我该走了。"

我挣扎着起身，以行动制止了我们之间的问答，当我扶住陈先生递过来的手掌时，手心分泌出的汗液让我从他的手掌里滑了出去。这个暗含着虎口脱险意味的动作使我更加警惕。我抬头看了一眼，俯身的陈先生显得异常高大，他的身影侵占了我的所有视野，这种绝望的处境宛如决心跳槽，却不小心把简历发到了所在的公司。

“我想吐……”

陈先生急忙扶我起来，搀扶我到厕所门口。

汹涌而来的胃酸在返流呕吐的掩护下灼伤了我那早已发炎的咽喉，血液冲进了眼球，预警的级别在不断攀升。我看着自己的口水与呕吐物在清澈的马桶水里渐渐散开。这次再也不是往常的那种污浊、肮脏的感觉，这是正在失去的一部分。我定睛注视着那些在水里散开的呕吐物，期待着它们能给一些特殊成分让出一条道路。如果今夜注定要被人下药，那么我也认了。我只是想在无力抵抗的时候，看一眼摧毁我的东西究竟是什么模样。但是……没有血丝，没有赤橙黄绿青蓝紫中的任何一种颜色，没有任何异样。我决定再等等。

在身体的波浪平息之后，世界开始清静下来。不知是出于某种生命内部的联系还是一种并不怎么明确的情感纽带，我想起了我的家人——爸爸妈妈，爷爷奶奶。我仿佛看到他们就在我的眼前，在与我面对面地凝视。那些隐藏许久的情感也在凝视之中得到了确认。我用湿润的眼睛来款待他们的到来，在这一刻，故乡的风与土击溃了我身上的热。

吐完之后，鱼儿重新游回了水里，我清醒了许多。无意中的低头让我看到了胸口的呕吐物。之前的无所畏惧已经不复存在了，我必须自尊自爱一点，像个躲过致命一击的将士那样，重新投入战场。

20

眼前的陈先生注定是要高高在上的。他是这个房子的主人，我是客人。他掰开了事实，露出了我不愿意看到的真相，这或多或少是种战略优势，足以使他高高在上。其实，我也不是无法反抗，我只是不想再与他谈论那些我已经接受了的事故。此时，天要亮了，我头脑所控制的表述越发受限于精力的衰退，是时候结束这些了。

“我回去了。”说这话的时候，我在无意之中摸到了我的手机，之前去厕所呕吐时它竟然被我遗落在沙发上。我打开了手机，它还在录像。我大致浏览了一下，都是一些毫无信息的画面，大块大块的黑。

“等会……你在录像？”陈先生发问，言语中的严肃在神情的阐述下滑向了一种严厉，甚至是不悦。

“是啊，怎么了？”我反问道。

“呵，什么意思？”陈先生生气了。

“我只是想记录一些东西而已。”

“记录？！像你那浅薄又愚昧的工作一样吗？我就是另一只可怜的小白鼠？”陈先生咒骂道。

我收拾好了自己的东西，向门口走去：“你误会了，我不知道该怎么跟你解释我要录像，但绝不是你说的那样。”

“那是什么？”陈先生厉声问道。

“总之我不是你想的那样，但现在也没办法定义了。”我的手已经搭在门把手上。

“你以为我会蠢到被你那套虚头巴脑的说辞说服吗？”

“不管你怎么说，我还是想谢谢你。”

“谢我什么？”陈先生缓缓走近。

“我该走了。再见。”

陈先生一脚把打开的房门踹得关上，他那如同暴雨将至的怒气笼罩着整个门廊，倘若我再次尝试打开房门，那无异于煽动他的情绪，把局面推向暴风骤雨。我向后走出两步，置身于一个适当的距离。

“我打开录像的时候是你说杨沛的前女友有可能是中间人的时候，这对我来说，并不好接受。好吧，我无法接受。那时候我站在窗边，有些崩溃。然后我就想记录下来，就这么简单。”

“那你打算什么时候关掉它？”陈先生不依不饶地追问着。

“我忘了为什么没有及时关掉它了，哦，想起来了，我后来特别想吐，就忘了手机这事儿了。”

“那你为什么不带着手机去厕所？留下来做什么？看看我有没有露出狐狸尾巴？好满足你那沾沾自喜的人格？就像你在工作中遇到的那些傻子？”

“陈先生，我希望你冷静一点。”

“我还不够冷静吗？当你被打得半死的时候，当你遇到一堆破事蠢得像只无头苍蝇到处乱转的时候，我倾尽全力帮你渡过难关，你呢？以为自己可以超然物外，并反过头来审视我？”

“我再重申一遍，我并不是这样想的。倒是你怎么能这么想呢？呵，原来我在你眼中是这样的一个蠢货。”

“有病！简直是愚不可及。我告诉你，你真的是有病，我接触了太多你这样的人了，以为自己有点思维上的天赋，整天胡思乱想，到最后神经出了问题。我问你，你是不是手脚都爱出汗，晚上经常耳鸣？这叫植物神经紊乱。去检查一下吧！别想那些有的没的。你们年轻人总觉得自己很特别，但特别不一定有用，早点认清现实吧。”

泪水背着我偷偷流下，刚才还萦绕在脑子里的语句顿时被眼泪取消了。陈先生说的症状，我的确有过，但这并不能让他如此定义我的存在。然而，他的确如此定义了，语句之连贯足以让定义异常明确。可怕的是，我开始接受他的定义。我为我感到遗憾，遗憾自己没能过早地理解“持剑者与剑同亡”的深层含义。之前，那些在我生命里升腾起的重建与改头换面不过是心血来潮的即兴行为，在不自知的深处，是顽固构建起的空中楼阁，就在此刻，尽管我有万般不舍，但我不得不面对那轰隆巨响的坍塌声，那栋无比精美的楼阁坠地了，深刻、残忍，摔得瓦砾横飞。剧烈的咳嗽又来了，肠胃也趁势发出一阵阵绞痛。我把我的身子交给了它，任凭它肆意震荡我的心灵、头脑。咳出的唾液喷溅在我的手上，在我的注视下，泪水坠落在了唾液上。生命从液体而来，大概也要归于液体的交汇。

“你站起来！”陈先生说道，语气中充满了鄙夷与悲悯。

我扶着门边的鞋柜，试图站起身来，但咳嗽像个恶人一样狠狠地捏住了我的后颈，使我躬身臣服。太难了，太难站起来了，我丧失了起身的力量。

“站起来，这一切不足以让你倒下！”陈先生大声呵斥道。

“不要害怕，咳不死的，慢慢起来。放轻松。”我一边在心里对自己说着，一边扶着鞋柜，决定起身。我的跟腱在发力，我的大腿肌肉在努力，我的胳膊在苦苦支撑。快了，马上就起来了。“加油，站起来。”在我说完这句话之后，我站起来了。

我紧闭起双眼，看着狂潮退去，眼中震荡出的泪水在眼皮的压迫下流过了脸颊，止于唇边。稀薄的气息正在寻找着一个稳定且均衡的频率，好让脉动准备就绪，以迎接活力的注入。陈先生递给我一张手纸，我抬头看了他一眼，苦笑地摇了摇头：“不需要了，我站起来了。”

“很好，真的。”陈先生意味深长地说道。

在经历了心灵的战栗之后，我格外小心地呵护着可贵的生息。咳嗽使我的胸腔宛如激战之后的战场一般，稍一呼吸，灰烬中的星火便在一呼一吸之间微微发亮，咳嗽也就顺势发生。我又轻轻地咳了几声，咧了咧嘴唇，一阵疼痛向我反映下嘴唇早已裂开了一道不深不浅的口子。

陈先生向我走近，拍了拍我的肩膀，语重心长地说道："真正令我们成长的是我们所受的内伤和我们的溃败。"

"对，是这样。我输了……"

"但你可以重新开始下一局了。"陈先生说完便转身走开了，"附近有个医院，去检查一下吧。"

陈先生打开了窗户。窗外已经亮得很彻底了，清晨的风，意外地温润，裹挟着轻微的寒意，还有那几缕像极了夕阳的晨光。

"真正让我们成长的……是我们所受的内伤……和我们的溃败。这句话……是你安慰我的……还是你真是这样认为的？"

陈先生看了我一眼，看他的神情，我的问题并没有引起他的关注。

"有什么区别吗？"陈先生反问道。

"有啊。"

陈先生把擦桌子的抹布翻了个身，缓缓地拎在手里："如果这句话安慰了你，那这句话就是用来安慰你的。"

"如果不是呢？"我追问道。

"那就不是啊。不要总被自己困住，意义都是在纪念日那天思考的。放轻松。"

"那今天算得上纪念日吗？"不知道为什么，我似乎有无数个问题。

"也许对你是，但对我，就是一个漫长的夜晚……对你是纪念日吗？"陈先生看着我问道。

"不是。"我淡淡地说道。

本来我很想说是，但在说出口的那一瞬间，我改主意了。在胡思乱想之间，我决定舍弃我的第一反应，并督促自己在以后的意识里要养成这样的习惯，不然的话，那我之前的幻灭、失去、迷失等就太虚伪了。陈先生把喝败的茶倒在了垃圾桶里，用清水冲洗着茶具。不知为何，我像是被冒犯了一样，他冲洗茶具的行为像极了凯旋的将士在擦洗武器。我盯着茶具，想弄清楚为什么会有被冒犯的感觉，但我实在太困了。

"我走了，再见。"索性告别吧，没什么要说的了。

我拎起地上的包，转身开门，向外扭动着门锁。

“往左边扭就开了。”身后传来了陈先生的声音。

我扭头看了他一眼，他在低头擦拭着水杯，他使出的力度让我怀疑他有重度洁癖。我走了之后，他会将这个客厅里里外外都打扫一遍。我向左扭动着门锁，门开了。

“我们还会见面吗？”在我问了这个问题之后，我死死地盯住了陈先生。

陈先生将水杯轻轻地倒扣在茶盘上，看了我一眼。“你想的话就留个联系方式吧，不想就算了。”陈先生依旧是那么平和。

“那就算了！哦，对了，有一段时间，我以为你在酒里做了手脚，后来发现不是……是我喝窗外的风了。不好意思，误会你了。再见。”

我推开了门，向外走去，快步走到电梯门口。临出门的时候我听到了陈先生愤怒的声音“你说什么……”，啪的一声，这是破碎的声音，像是水杯摔在了地上，似乎比这还要严重，是陈先生将水杯摔在了墙上吗？他怎么了？电梯来了。猛然之间，我紧张了起来，像是做了一件难以置信的蠢事那样燥热、羞耻。电梯门开了。我的心跳得好快，我要不要回去看看？陈先生摔完杯子之后为什么没有追出来？还是他不小心打碎了杯子？不可能啊！那只杯子被他稳稳当当地放在了茶盘上。难道……我抬头看了一眼上面的墙角，糟了，有监控探头。探头装置正中的黝黑、隐秘像是那扇门后的世界一样。怎么办？我要不要回去？电梯门关上了，它沉下去了。这样吧，如果电梯一直运行到1楼，我就不回去了，如果中途停在了其他楼层，我就回去，看看陈先生到底怎么了。这个让我看不起自己的决定虽然使我有极为强烈的愧疚感，但我脑海中的悲观想象也因此打住了。

17……

16……

15……

我轻咳了两声，趴在背上的燥热加深了我的疲劳，眨眼这一简单的动作在眼皮合上之后竟然发散出一种足以让我陷入云海的舒适。在这一刻，我只想要一张柔软的床。

12……

11……

10……

肋间神经的疼痛让我睁开了双眼，我抬头看了一眼电梯运行到了几层。我为什么如此丑陋？明明自己做错了事，却将是否补救交给客观现象来做决定。这种推卸责任的行为赐予我的片刻宁静大概就像刽子手没有按照预定时间来刑场行刑一样。反而，这种平静让我备受煎熬，砍头并不可怕，可怕的是这漫长的煎熬。羞耻、自责、自私……我该何去何从？

6……

5……

胸腔要塌了一样，它在下沉，我感觉自己快要死了。

3……

2……

1……

我真是一个蠢货！我不想再看着这个数字了。是福是祸，我都无所畏惧。

我扭头跑向陈先生的家门，按下了门把手，推开了房门。地上的玻璃碴在晨光的照射下泛着光泽。完了！陈先生趴在地上，一动不动！我急忙扑过去，跪在陈先生身前。脑子嗡的一声炸开了，我像是被火焰吞噬了一样，极度的恐惧与自责掠夺了我所有的意识。我吓傻了！一阵急促的哭声像阵暴雨一样冲刷着孱弱的我，我彻底沦陷在这哭声里。

“叫……救护……车。”幽深的声音响了起来。

我急忙把陈先生翻过身来，他的嘴唇白得像是没有了血液，他的额头冒了很多汗。

“陈先生，是我不好……”哭泣使我根本无法完成道歉。

“叫救护车。”

“哦哦，好，你坚持住。”

我从外衣口袋掏出了我的手机，打开了拨号键，救护车是多少号来着？我怎么会忘了？我眨巴着眼睛，额头的汗挂在了我的睫毛上。“救护车是多少号来着？”我大声地向苍天问道。

“120。”

“哦哦哦。”

我拨通了电话。我想死在这等待接通电话的时间缝隙里。

“喂。”

“快快，救护车，有人要死了。”

“女士，您在哪？”电话那头问道。

“我在哪儿？我在哪儿？”我扭头看向陈先生，但他紧紧地捂住了胸口，看上去，他要死了。泪水模糊了我的双眼，我放弃了。

“您可以打开手机定位查看。”

“哦，对。”我又活过来了。

我打开手机，翻到微信，随便点开一个人发送了位置。

“夜莺园，夜莺园。”

“几栋几号？”

“我不知道。我什么都不知道，我搞砸了一切。求你们来救救我。”我哭着说道。

一只颤颤巍巍的手伸了过来，我急忙把手机给了陈先生。

“10栋2103，请你们快点，心梗。”陈先生大口喘息着，他的汗流到了我的手背。我急忙用手背擦拭我的泪水。他的汗液蛰到了我的眼睛。我脱下衣服盖在了陈先生的身上，身子像是被人洞穿了心脏一般倒在了地上，我用头抵着地板，一切都结束了。

21

一捧冰冷的自来水将我拖了回来，一切都是由我造成，我要负起全责。

我完全想不起我是怎么来到医院的，我也不知道救护车里发生了什么，我太困了。我交了手术款，不知道是多少钱，等会看看手机里的消费短信吧。我还活着，咳嗽像是可怜我一样，暂时退下了。我的肠胃也不痛了，但我的胸腔还在下沉，压得我难受，我不敢大口呼吸。哦，我想起来了，护士说陈先生突发心梗，需要马上手术，进行支架介入。我不太懂，总之这都是我造成的，我应该负责。

好困，闭上眼睛好舒服。不行，我打开了水龙头，给自己的脸颊浇着凉水，我不能睡着，也不能死去，我要面对这一切。

我为什么要在电梯上浪费那么多时间？我狠狠地扇了自己一巴掌，胸好闷。我坚持不住了，我要找地方睡觉了。我转身走出厕所，我要去哪儿？我靠在门框上，合起了双眼，但我的腿好软，根本站不住。为什么这个医院的走廊里连座椅都没有？为什么？他们的经费买不起两把椅子吗？我该去哪儿？陈先生在做手术，我的头好胀，我的视力怎么下降了？无所谓了，我要找个地方睡觉了。对，我可以去消防通道，那里没人，可以好好睡一觉。对。就去消防通道。

“护士，消防通道在哪儿？”我拽住一个走过的护士。

她为什么那么看着我，我很丑吗？无所谓了，她指了指后边。我撒开了护士，向后边走去。消防通道在后边，在后边。我好想睡觉！我一边扶着墙，一边缓缓地向后走去，寻找着消防通道。我不知道自己走了多久，只记得推开了门。尘土的气息，残留的烟味，对，这就是消防通道。我要找个没人的地方，这样就没人打扰我睡觉了。陈先生从手术室出来之后应该还在昏迷，等他醒了我再跟他道歉吧，如果他不答应，我就以死谢罪，反正我也没什么好留恋的了。

眼前的楼梯怎么都是一个样子，我在几楼？我要去几楼呢？有人从我身后飞快地下楼了，他撞了我一下。这人着什么急啊？！人都送到医院了，医生会救治的。走那么快做什么？又有一个人出来了，他看了看我。他的眼睛好大，他下楼去了，点燃了香烟。原来是跑出来抽烟的。不行，这里人太多了，我得去顶层睡觉。那里没人，我就可以一觉睡到天黑，或者一觉睡到天亮。无所谓了，能睡着就行。

我扶着楼梯的扶手，向上走去，为了避免自己摔倒，我看着脚下的台阶，但没过多久，我更困了。更可怕的是，几乎分不出差别的台阶很容易诱发幻觉。我抬起头，向上走去，一层又一层，好累，我的胸腔要裂开了，就在这儿睡吧。咦，有人在抽烟。好浓烈的烟味。我向上走去，看到一个老人挂着胰岛素泵在窗口抽烟。

“你都住院了，就别抽烟了。”我劝说着。

“唉，小姑娘啊，我都这把年纪了，还在乎啥？”老人说笑着。

“也是。顶层在哪儿啊？”我问道。

“在上面喽。”老人吐出了一口烟雾。

我再次向上走去，可没过多久，我的上眼皮掉下来了，它狠狠地砸了下来，将我推向了一片漆黑，那里比黑夜还要黑。两个耳朵发散出的神经性耳鸣像是加速了我的身躯。我感到自己像团柳絮，又像一团游云，在缓缓向前。一种来自生命最深处的舒适将我的器官带向了更为广阔的天地，它们完全舒展开了。我的四肢感受到了舒润的水温，像是躺在了浴缸里一样。猛然间，一种飞升的满足使我开心极了。宫蕊，好陌生的名字。我不断地向前，不断地上升，不断地感受着快乐。太多了，快乐多到让我惭愧，我低头向下望去，那里尽是我的恶心、我的哀伤、我的溃败……在这一瞬间，一部曾经看过的剧集跃然眼前，曾经十分不适的观感在此时变成了通透的喜悦。猛然之间，我竟然能够熟练地说出那部剧集的台词了："我是被'自我意识'这种幻想所奴役的生物，一种感知和感官体验累积的产物。我被设计为百分之百地相信自己是某个人。我告诉自己，我的存在是为了见证。但很明显，真正的答案是，这是我给自己的设定。然而，我，谁也不是。我能做的最崇高的事就是否定设定，在最后的午夜，坚定地退出。"

图书在版编目（CIP）数据

比真实更真 / 姚勇著 . -- 南京 : 江苏凤凰文艺出版社，2021.1
ISBN 978-7-5594-4720-3

Ⅰ . ①比… Ⅱ . ①姚… Ⅲ . ①长篇小说 - 中国 - 当代 Ⅳ . ① I247.5

中国版本图书馆 CIP 数据核字(2020)第 049329 号

比真实更真

姚勇　著

责任编辑　刘洲原
特约编辑　关　健
装帧设计　杭州紫金港
责任印制　刘　巍
出版发行　江苏凤凰文艺出版社
　　　　　南京市中央路 165 号，邮编：210009
网　　址　http://www.jswenyi.com
印　　刷　广东虎彩云印刷有限公司
开　　本　880mm×1230mm　1/32
印　　张　6.125
字　　数　92 千字
版　　次　2021 年 1 月第 1 版
印　　次　2021 年 1 月第 1 次印刷
书　　号　ISBN 978-7-5594-4720-3
定　　价　48.00 元